कनैला की कथा

[illegible] सब लड़के-लड़की दोनों का [illegible]

[illegible] ही आसपास कर लेते थे। गरीब घरों की [illegible] का ब्याह होना बन्द हो गया। कुछ घर निस्सन्तान होकर खँडहर पड़ [illegible] और कुछ उसकी तैयारी करने लगे। गाँव में कितनी ही तरुण विधवाएँ थीं [illegible] इन घरों को खँडहर होने से बचा सकती थीं। पर विधवा-विवाह करने का [illegible] जाति से च्युत होना था। इसका यह अर्थ नहीं कि बुढ़ापे तक [illegible] विधवाएँ अपने ऊपर पूरी तौर से नियंत्रण करती थीं। यदि कोई नियंत्रण [illegible] नहीं देते। इसके फलस्वरूप कभी-कभी [illegible] गाँव से निकालने या [illegible] भागने की नौबत नहीं आई [illegible] अवस्था को तो कभी और कहीं [illegible] नहीं की [illegible] की स्थिति हमेशा हाथी [illegible] तरुण विधवा का अपने फुफेरे देवर से सम्बन्ध [illegible]

कनैला की कथा

राहुल सांकृत्यायन

राधाकृष्ण प्रकाशन

पहला संस्करण 1957 में किताब महल, नई दिल्ली से प्रकाशित

ISBN : 978-81-19989-01-0

कनैला की कथा

पहला राधाकृष्ण संस्करण : 2024

मूल्य : ₹595

प्रकाशक

राधाकृष्ण प्रकाशन प्राइवेट लिमिटेड
जी-17, जगतपुरी, दिल्ली-110 051

शाखाएँ : अशोक राजपथ, साइंस कॉलेज के सामने, पटना-800 006
पहली मंजिल, दरबारी बिल्डिंग, महात्मा गांधी मार्ग, प्रयागराज-211 001
1, अनमोल सोराबजी सन्तुक लेन, धोबी तलाव, मरीन लाइंस, मुम्बई-400 002

वेबसाइट : www.radhakrishnaprakashan.com
ई-मेल : info@radhakrishnaprakashan.com

मुद्रक

बी.के. ऑफसेट
नवीन शाहदरा, दिल्ली-110 032

KANAILA KI KATHA
Stories by Rahul Sankrityayan

उसी प्रथम परिणीता को
जिसका सारा जीवन
मेरी महत्त्वाकांक्षाओं का
शिकार हुआ

क्रम

प्राक्कथन

कनैला मेरा पितृग्राम है। मैं ननिहाल (पन्दहा) में पैदा हुआ और वहीं पला-पढ़ा भी, इसलिए जन्मग्राम वही है। हर गाँव की आपबीती रोचक कथाएँ होती हैं, जिनको बाल्य-कल्पना और भी मोहक बना देती है। हो सकता है, मेरे लिए भी कनैला की कथाएँ आकर्षक मालूम हुई हों। पर, सत्य कल्पना से भी अधिक सुन्दर होता है। कनैला की धरती जिस भाषा में परिचय दे रही थी, उस समय उससे मैं परिचित नहीं था। जब परिचित हुआ, तो कुछ घंटों के लिए। सिर्फ दो बार—1943 और 1957 में—वहाँ जा पाया।

13 फरवरी, 1957 को उसकी पुरातत्त्वीय सामग्री देखने के लिए विशेष तौर से कनैला गया था और उसके बारे में मैंने निम्न पंक्तियाँ लिखीं—

"अपने जन्मग्राम से पितृग्राम जाते समय न जाने कितनी बार इस रास्ते (डीहा-कनैला) को अपने पैरों से नापा होगा। पर, उस समय रास्ता खेतों के किनारे पगडंडी का था। अब अच्छी कच्ची सड़क बनी हुई थी। नई पक्की सड़क के चौरस्ते पर पहुँचने से पहले ही हम कनैला में दाखिल हुए। गाँव के कोने पर देखा, बहुत से लोग अगवानी के लिए तैयार हैं। लेकिन, पहले मुझे कनैला की उस पोखरी (बड़ी) को देखना था जिसमें सिसवा जैसी ईंटें मिलती हैं। बरसात के बाद का समय था। बड़ी में अभी भी थोड़ा पानी था और जहाँ से ईंटें खोदी गई थीं, वह जगह पट गई थी। लोगों ने बतलाया, इस स्थान से उस स्थान तक बड़ी ईंटों की मोटी दीवार चली गई है जो उस

स्थान पर जाकर समकोण पर मुड़ जाती है। चारों ओर खुदाई हो तो पता लगे कि पोखरी कितनी बड़ी थी, उसका मूल घाट किधर था। हो सकता है, पोखरी के भीतर फेंके हुए कुछ और भी पुरातत्त्व-अवशेष मिल जाएँ। वहाँ से सैयदबाबा और डिहबाबा के स्थान पर गए। सैयदबाबा के पास कुछ देखने के लिए नहीं था। वही कुछ गज लम्बा-चौड़ा ऊँचा स्थान था जिसे लोग कोट कहा करते हैं। पास में डिहबाबा का स्थान अवश्य महत्त्व रखता है। पिछली बार मैंने वहाँ महाकाल की खंडित मूर्ति देखी थी। सौभाग्य से अब भी उसके दो टुकड़े (सिर और पैर) वहाँ मौजूद थे। कन्धे और बीच का खंड लुप्त था। सिर 3 इंच लम्बा है। मूर्ति 21 इंच की रही हो, यह जरूरी नहीं, क्योंकि महाकाल की मूर्तियों की तरह इस मूर्ति के दोनों पैर भी काफी फासले पर छितराए हुए हैं। सिर को वहाँ छोड़ना सुरक्षित नहीं था, इसलिए उसे साथ ले आया। महाकाल के मुख को देखकर तिब्बत के चित्र और मूर्तियाँ याद आती थीं। उसी तरह की सारी साज-सज्जा थी। मुँह के दोनों छोरों पर शायद दो दाँत भी निकले हुए थे जो अब तोड़ दिये गए। नाक का टूटना बतला रहा था कि इसको मुस्लिम धर्मान्धों का सामना करना पड़ा था। दाहिने कान का आधा लिए हुए ठुड्डी के नीचे का सारा भाग साफ था। बायें कान का भी कुछ हिस्सा बचा हुआ था। सिर पर अर्ध-मुकुट बना हुआ है। महाकाल दाहिनी आँख से काने हो गए हैं, पर बायीं आँख का तेज अब भी झलकता है। मुकुट के नीचे केशों की पाँती के बाद मुकुट के ऊपर भी अग्निज्वाला की तरह प्रज्ज्वलित कुंचित केशकलाप दीख पड़ते हैं, जो मुकुट से 3 इंच ऊपर तक चले गए हैं। ठीक इसी तरह ज्वालमालाकुल महाकाल तिब्बत में आज भी बनाए जाते हैं। वज्रयान का यह महान देवता कनैला में आज से आठ-नौ शताब्दियों पहले परमपूज्य माना जाता था, पर आज मेरे सिवाय उसे कोई पहिचानने वाला भी नहीं है। कितना परिवर्तन?

पुरुषों और उनसे भी अधिक लड़कों की भीड़ हमारे साथ थी जो खड़ी फसल को रौंदती चल रही थी। गया रावत (भर) का टोला मौजूद था, लेकिन एक-एक मिनट के मोह ने पैरों को उधर जाने से रोक दिया।

गया रावत के पुत्र आज दो बार से इस गाँव के प्रधान निर्वाचित हो रहे हैं। ग्राम में जाकर ग्रामीणों से न मिलना अफसोस की बात थी, पर हर चीज का याद रखना मुश्किल था। श्यामलाल, रामधारी ही नहीं, सारा गाँव दरवाजे पर स्वागत के लिए उपस्थित था। भोजन प्रतीक्षा कर रहा था, इसलिए कुछ बोलने से पहले हमारी मंडली भोजन करने के लिए घर में चली गई। रोटी, दाल, भाजी, भात, दूध सभी व्यंजन तैयार थे। हरी मटर का गादा (निमोना) मेरे लिए विशेष आकर्षक था। मैं सबेरे चाय पीने के साथ ही इन्सुलिन ले लिया करता था, जिससे दिन भर छुट्टी रहती थी। यह देखकर प्रसन्नता हुई कि कम से कम भोजन में वहाँ सब एक वर्ण हैं। श्रीवास्तव ब्राह्मण, सर्वरिया ब्राह्मण सभी आसन से आसन मिलाये भोजन कर रहे थे।

भोजनोपरान्त प्रतीक्षा करते बन्धुओं के बीच कुछ बोलना पड़ा। गाँव के सबसे वृद्ध नौमी कहार मौजूद थे, जो अब अस्सी के ऊपर के हैं। नौबत राउत दूसरे वृद्ध थे। तीसरे रजबली चूड़िहार तो मेरे साथ ही साथ घूम रहे थे। मुझे प्रसन्नता थी कि उन्हें देखते ही पहचान गया। उनके सामने लाभ की एक ही बात मैं कह सकता था। वह थी : बिखरे हुए खेतों को इकट्ठा करके साझे की खेती करो। मैंने कहा—"सारे गाँव की एक जगह खेती करने की जरूरत नहीं है। पहले गाँव की चार-पाँच साझी खेतियाँ होनी चाहिए और पिछले सौ वर्ष के बँटे हुए खेतों को इकट्ठा कर देना चाहिए।" पंचायती खेती की बात मैं उन्हें समझाना चाहता था, लेकिन मुझे स्वयं विश्वास नहीं था कि मेरे शब्द बहरे कानों में नहीं पड़ रहे हैं। पर, अगले दिन गाँव की बारात में आजमगढ़ आए कनैला के बहुत से लोग मिलने आए। जब गाँव के सबसे ज्यादा खेत वाले पुरुष ने बड़ी गम्भीरता से कहा—"एक बार आप और कुछ समय के लिए आ जाएँ, तो हमारे यहाँ जरूर पंचायती खेती हो जाएगी।" इस पर मुझे विश्वास हुआ कि मेरा कहना सामयिक था और नई उठ खड़ी कठिनाइयों के कारण लोग इस तरह सोचने के लिए तैयार हैं।

विश्वनाथ पांडे का ही आग्रह नहीं था, बल्कि मुझे भी दौलताबाद अपनी ओर खींच रहा था। नाम मुस्लिम तथा अर्वाचीन था। लेकिन, उसके कारण

गाँव अर्वाचीन नहीं हो सकता था। गौतम अभिमन्यु सिंह—मेहनगर राज्य के संस्थापक—का नाम मुसलमान होने पर दौलतखाँ पड़ा, जो इस गाँव के नाम से चिपका है। पर, गाँव उससे कहीं अधिक पुराना है। विश्वनाथ पांडे रामराज्य परिषद् की तरफ से विधान सभा के लिए खड़े हुए थे। लेखा-जोखा लगाकर पूरे विश्वास के साथ कह रहे थे, मैं जरूर जीतूँगा। मैंने कहा—"दो हजार रुपया तुम खर्च कर चुके हो। दो-तीन हजार और जाएँगे और तुम्हारा हारना निश्चित है।" विश्वनाथ जी बोले—"चचा, आशीर्वाद दीजिए। मैं जरूर जीतूँगा।"

10 मार्च के अखबार में देखा, उनके निर्वाचन क्षेत्र से कम्यूनिस्ट चन्द्रजीत को 21,774 वोट मिले। कांग्रेसी पद्मनाथ वकील को 19,554 और विश्वनाथ जी मुश्किल से 4,816 वोट पाकर अपनी जमानत जब्त करवाने में सफल हुए। कनैला छोड़ने से पहले अपनी प्रथम परिणीता को देखने का निश्चय कर चुका था। अब वह चारपाई पकड़े थी। देखकर करुणा उभर आना स्वाभाविक था। आखिर मैं ही कारण था जो इस महिला का आधा शताब्दी का जीवन नीरस और दुर्भर हो गया। मैं प्रायश्चित करके भी उनको क्या लाभ पहुँचा सकता था? एक बार देखा। वह अपने आँसुओं को रोक नहीं सकीं। फिर मैं घर से बाहर चला आया।"

—राहुल सांकृत्यायन

कनैला की कथा

त्रिवेणी

(1300 ई.पू.)

कनैला और उसके आस-पास की भूमि को हम आज से डेढ़ सौ पीढ़ियाँ पहले से देखते हैं। ईसा पूर्व 13वीं शताब्दी का समय है। अभी सप्तसिन्धु (जमुना से खैबर और काँगड़ा की तराई से राजपूताने की मरुभूमि तक) की भूमि पर आर्यों का पूरा अधिकार नहीं हो पाया था। उनमें धीरे-धीरे कबायली (जनीय) समाज टूटकर उसकी जगह सामन्तवाद स्थापित होने जा रहा था। जमुना से पूर्व कौन लोग रहते हैं, कौन-सी नदियाँ हैं, कैसी भूमि है, इसका सप्तसिंधु के आर्यों को कोई पता नहीं था। कनैला किसी नाम से भी उस वक्त अस्तित्व में नहीं आया था। सिसवा के नगर या मुकुट (कस्बा) होने की बात तो दूर, वहाँ कोई मिट्टी का घर यदि खड़ा रहा होगा, तो अत्यन्त दरिद्र तथा आरम्भिक अवस्था का। मंगई तब भी बहती थी और शायद उसमें अब से अधिक पानी रहता था। उसके दोनों किनारों पर दूर-दूर तक घने जंगल, शाल (साखू) के भी दरख्त थे। सम्भव है जंगली आम, महुआ, कटहल, बड़हल के फलदार वृक्ष भी इन जंगलों में होते हों। अकोल, सिहोर, चिलबिल, परास जैसे बहुत तरह के कुकाठों से ये जंगल भरे हुए थे। पानी ने स्वाभाविक तौर से जमीन को जहाँ-तहाँ ऊँची-नीची बना दिया था। नाले-नदी के अतिरिक्त नीची जमीन ताल और दहों के रूप में भी थी। बरसात का पानी वहाँ जमा हो प्रायः साल भर तक रहता और वन्य प्राणियों के लिए प्याव का काम देता।

मनुष्य से यह भूभाग वंचित नहीं था, पर वह यहाँ की दुर्लभ वस्तु था। जंगलों में रहने वाले जंगलों से मिलने वाली खाद्य-सामग्री पर गुजारा करते थे।

1

जाड़ा समाप्त हो गया था। वृक्ष पतझड़ की तैयारी कर रहे थे। मौसम प्राणियों के बहुत अनुकूल था। न उन्हें सर्दी से ठिठुरने का डर था, न लू से झुलसने का। जहाँ पीछे कर्नहट और आगे कनैला नाम का गाँव बसा, वहाँ घोर जंगल था। गाँव से पूर्व के ताल शायद आज से भी कुछ बड़े आकार में मौजूद थे। दोपहर बाद ताल के किनारे आदमियों की आवाज सुनने में आ रही थी। करीब ही फूस की कितनी ही झोपड़ियाँ खड़ी थीं। वह ऐसी छोटी थीं जिसमें बारह वर्ष के बच्चे को भी कमर दोहरी करके घुसना पड़ता। झोपड़ियों के पास जंगल साफ था। शताब्दियों से हर साल यहाँ मनुष्य आकर डेरा डालता था। उसके पैरों और पशुओं के खुरों के कारण कोई बड़ा पौधा यहाँ जमने-बढ़ने नहीं पाता था। झोपड़ियों के पास लकड़ी के कुन्दों की जलती आग धुआँ दे रही थी। लोग झोपड़ियाँ छोड़कर ताल के भीतर गए थे। सिंचाई के लिए पानी का उपयोग नहीं था और न यहाँ किसी प्रकार की खेती का ही चिह्न था, इसलिए पानी का शोषण केवल सूर्य की धूप ही कर सकती थी। बरसात के भरे ताल में अब एक-तिहाई पानी रह गया था।

नर-नारियों के शरीर पर कोई वस्त्र नहीं था। वस्त्र के नाम पर स्त्रियों की कमर से रस्सी के सहारे कुछ पत्तियाँ लटक रही थीं। जाड़े में सम्भव है, चमड़ा पहनते हों, अथवा अपनी सर्दी के सहने की शक्ति तथा अग्नि के भरोसे गुजारा करते हों। पुरुष बिलकुल दिगम्बर थे। उनके बाल खुले हुए और अधिकतर जटायुक्त थे। अधिकांश पुरुषों के मुँह पर केश का इतना अभाव था कि दूर से देखने पर उनका चेहरा भी स्त्री-सा ही मालूम देता था। जिनके मुँह पर कुछ केश भी थे, तो इतने कम, कि उन्हें गिना जा सकता था। सबके गाल की हड्डियाँ उठी और आँखें तिरछी कानों की तरफ ऊपर तनी हुई थीं, प्रयत्न करने पर भी वह आधे से अधिक खुलती नहीं थीं।

केश वृद्ध-वृद्धाओं के भी कोयले जैसे काले थे। शरीर का रंग पीला था। वह कद में मझोले थे, शरीर का अंग-अंग साँचे में ढला मालूम होता था—ये किरात थे। वह ताल के निकले कोने भाग के पानी को बाँध-बाँध कर उलीच चुके थे, सभी मछली पकड़ने में लगे थे। 60-70 कंठ लगातार चिल्ला रहे थे। कोलाहल के लिए क्या पूछना? मछलियाँ बहुत थीं। सबको पकड़ने पर वह दस दिन में भी न खर्च होतीं। इतने दिनों तक वह ठहर नहीं सकती थीं। उन्होंने एक कृत्रिम गड़हा बनाकर उसमें पानी भर रक्खा था। माँगुर, सिंगी, गरई जैसी मछलियाँ उसमें रखते जा रहे थे, क्योंकि वह कई दिनों तक जी सकती थीं। रोहू, पढिना, टेंगरा और इस तरह की जल्द मर जाने वाली दूसरी मछलियों में से भी वह उतनी ही पकड़कर बाहर रख रहे थे जितनी दो-तीन दिन में खर्च हो सकतीं। उनके पास मछली मारने के लिए छोटे-छोटे जाल या सरकंडे की टोकरियाँ भी थीं। पर, इस समय पानी को निकाल देने के कारण वह हाथ से मछलियाँ पकड़ रहे थे। काँटे वाली मछलियों को बड़ी सावधानी से पकड़ने में वह उस्ताद थे, लेकिन तब भी कोई सिंगी किसी के हाथ को चीर कर लोहूलुहान कर देती थी। जान पड़ता था, वह ऐसे छोटे-मोटे घाव की परवाह नहीं करते।

वह अपने काम को चुपचाप करना पसन्द नहीं करते थे। हाँ, कभी सुरीली आवाज से कोई गाना शुरू करता, तो सारा कोलाहल थम जाता और सभी सुर में सुर मिलाकर गाने लगते। स्त्रियों का कंठ स्वभावतः मधुर होता है, पुरुषों के कानों के लिए तो वह अत्यधिक प्रिय होता है। पुरुषों के कंठ कर्कश होते हैं, पर कितने ही तरुणों के कंठों को वैसा नहीं कहा जा सकता। तरुणियों के लिए तो वह स्त्रियों से भी अधिक मधुर और आकर्षक मालूम होता। एक लम्बे डील-डौल का असाधारण बलिष्ठ प्रौढ़ पुरुष मछलियों के ढेर के पास बैठा था। उसके जटा वाले बालों में मोर और दूसरे पक्षियों के सुन्दर पंख लगे हुए थे, गले में भी हड्डियों की मालायें पड़ी थीं, हाथ में छह हाथ का ताँबे के फल वाला भाला था। उसे देखने से ही मालूम हो जाता था कि इस समाज में उसका विशिष्ट स्थान है। हाँ, वह सरदार था।

उसकी जाति पीछे किरात के नाम से मशहूर हुई। आज इसकी भिन्न-भिन्न स्थानों में भिन्न-भिन्न शाखायें भिन्न-भिन्न नामों से प्रसिद्ध हैं। जिन लोगों को हम यहाँ देख रहे थे, उनकी सन्तानें थारू के नाम से विख्यात हैं और कनैला की भूमि से डेढ़-दो सौ मील दूर हिमालय की तराई में रह गए हैं। आज से आठ-नौ शताब्दी पहले गोरखपुर शहर के आस-पास के इलाके पर थारुओं का अधिकार था, जिन्हें भगाकर डोम कटारों ने वहाँ अपना शासन स्थापित किया।

सरदार ने कुछ कहा। लोग मछली मारना छोड़ बाहर निकले।

फूस, छोटी-बड़ी सूखी लकड़ियाँ पहले ही से जमा रक्खी थीं। छोटे-छोटे ढेर जलाकर उन्होंने मछलियों को भूनना शुरू किया। भूनते-खाते काफी रात हो गई। डेरे के चारों तरफ बड़े-बड़े लक्कड़ जलते रहे जो सबेरे तक बुझने वाले नहीं थे। इसका बड़ा उपयोग था। घोर जंगल में थोड़े से मानव-प्राणी ताल के किनारे डेरा डाले पड़े थे। जंगल में आज जिन जन्तुओं की कल्पना भी नहीं की जा सकती, वह वहाँ मौजूद थे। सियार, लोमड़ी, खरगोश, जंगली बिल्ली जैसे जन्तु ही अधिकतर नहीं थे, बल्कि बाघ, सिंह और हाथी भी घूमा करते थे। मानव प्राणी उनको अपना भक्ष्य बनाना चाहता था और वह इनको अपना भक्ष्य बनाने के लिए तैयार थे। तब से हजारों वर्ष पहले मानव को पता लग गया था कि सभी जन्तु आग से डरते हैं, इसीलिए उसने आग को अपना रक्षा-कवच बनाया था। नर-नारी सिर्फ भूनकर पेट भर मछली खा लेने से सन्तुष्ट नहीं थे। भूनी मछली के साथ खालों में भरे नशीले पेय को खोपड़ी और मिट्टी के बर्तनों में डालकर पीने लगे। पेट में भोजन जाने के साथ दिमाग में नशा भी भरने लगा। नर-नारी नाचने लगे। लकड़ी के टुकड़े उनके बाजे का काम कर देते थे। खालों को मेखला पर मढ़कर भी उन्होंने चमड़े के बाजे बनाए थे। आधी रात के बाद तक नाच चलता रहा। रात की नीरवता बढ़ने के साथ उनके गाने की आवाज मिश्रित हो दूर तक गूँज रही थी। उनकी भाषा बिलकुल भिन्न थी। अब इस भूमि में उसका एक शब्द भी बच नहीं रहा और उनके वंशज थारू भी अपनी भाषा छोड़कर आर्यभाषा-भाषी हो गए। पानी को वह ती कहते थे, क्योंकि 'ती-ती' कहने पर घड़े, खाल या मोटे बाँस के पोंगों में पानी लाया जाता था।

पहर भर रात रह जाने पर सर्वत्र नि:शब्दता छा गई। आग उसी तरह जल रही थी। बुझने न देने के लिए बीच-बीच में आदमी लकड़ी डाल देता था। उस रात पहरा देने की जिम्मेवारी उसी की थी। झोपड़ियाँ उस वक्त बनी थीं, जबकि अभी सर्दी थी। आज उनका कोई उपयोग नहीं था। सभी बाहर आसमान के नीचे लेटे थे। किसी ने लम्बी-चौड़ी चटाई के ऊपर अपने शरीर को तान दिया था, कोई यों ही जमीन पर पड़ा था। उनमें अभी विवाह-प्रथा जैसी कोई चीज नहीं आई थी, या उसका आरम्भिक ही रूप था। सरदार कई तरुणियों के बीच सोया था। उसी तरह दूसरे नग्न स्त्री-पुरुष नाना मुद्राओं में पड़े थे। कुछ ही घंटे पहले जीवन बड़े वेग से लहरें मार रहा था। अब वहाँ मृत्यु की-सी निश्चेष्टता दीख रही थी।

2
निषाद

अभी पूर्व में सूर्य की लाली नहीं हुई थी। अन्धेरा था, यह भी नहीं कहा जा सकता था, पर इतना प्रकाश नहीं था कि लाल और हरे धागे को पहचाना जा सकता। इसी समय कोई जोर से चिल्ला उठा। जरा ही देर में बेसुध सोये सारे स्त्री- पुरुष उठ खड़े हुए। बात की बात में सरदार का भाला उसके हाथ में था। किसी के हाथ में ताँबे का, किसी के हाथ में नोक बनाया बाँस का भाला था। कुछ ने डंडे में अँतड़ी के सहारे बँधी पत्थर की गदा सँभाल ली, कितनों ने धनुष के तीर चढ़ा लिए। स्त्रियाँ भी डंडे या दूसरे हथियारों से सज गईं। डेरे के कुत्ते एक ओर से भूँकने लगे। यह जानते देर नहीं लगी, कि दक्खिन में मंगई की ओर से आदमी चिल्लाते हुए दौड़े आ रहे हैं। सरदार ने आवाज दी। हथियारबन्द सारे नर-नारी उस तरफ दौड़ पड़े। बहुत दूर नहीं बढ़े कि सनसनाते हुए बाण उनकी तरफ आने लगे। भैंस की खाल की दो हाथ लम्बी, हाथ भर चौड़ी ढाल पर वह बाणों को आड़ने की कोशिश करते, तो भी सभी सफल नहीं होते थे। कितने ही बाण से बिंधकर कराहते जमीन पर गिर पड़े। आक्रमण करने वाले फैलकर आ रहे थे,

इसलिए उन पर चलने वाले बाण शायद ही कोई अपना लक्ष्य पाते। किरात अपने डेरे से चले थे, उन्हें ज्यादा क्षति उठानी पड़ रही थी। पर, एक दूसरे के बाणों के डर के मारे कोई पीछे हटने के लिए तैयार नहीं था। अब सरदार के आदमी भी बिखर कर चल रहे थे। दुश्मन इतने नजदीक आ गए थे कि बाणों की जरूरत नहीं थी। बाँस और ताँबे के भाले काम कर रहे थे। पूर्व में सूर्य की लाली भी फैल गई। दोनों दल एक दूसरे का मुँह देख सकते थे। आक्रमणकारी दूसरी जाति के थे। उनका रंग कोयले की तरह काला था। आँखें पूरी खुलती थीं। नाक के नथने चौड़े और फूले हुए थे। बाल उनके भी अत्यन्त काले थे। उनकी स्त्रियाँ कमर के पास केवल पत्ते लटकाये थीं। सभी नंगे थे। उनका काला शरीर बोतल की तरह चमक रहा था। वह भी मझोले कद के थे। उनके शरीर सुगठित थे। प्रहार को देखकर नहीं कहा जा सकता था कि कोई उनमें शरीर से निर्बल है। काले और पीले दोनों के सरदारों की वेश-भूषा और शरीर में औरों से विशेषता थी। कालों के सरदार ने भी अपने सिर को पंखों से सजा रक्खा था और उसके गले में घनी दाढ़ी के नीचे एक किरात का सिर लटक रहा था।

धूप के अच्छी तरह फैल जाने पर दोनों दलों में घमासान लड़ाई हुई। किरातों को मालूम हो गया कि प्रतिद्वंद्वी संख्या में हमसे कहीं अधिक हैं। सफलता की आशा क्षण-क्षण कम होने लगी। कितने ही किरात नर-नारी हताहत होकर जमीन पर गिर पड़े। उनके प्रतिद्वंद्वियों के हताहतों की संख्या भी कम नहीं थी, लेकिन अब भी वह किरातों से दुगुने थे। मारते-काटते वह डेरों में पहुँचे जो भी मिला, उसे उन्होंने मारकर खत्म किया, बच्चों तक को भी नहीं छोड़ा। बहुत कम किरात भागने में सफल हुए।

घायल किरात पुरुषों-तरुणियों को आक्रमणकारियों ने पकड़ लिया। कल के मछली के शिकार में कुछ बचा हुआ था, वह अब आक्रमणकारियों का था। कल उनके विरोधी जहाँ मछली भूनकर खाते आनन्द मना रहे थे, वहीं विजेता मछलियाँ भून रहे थे, शत्रुओं का रक्खा हुआ सुरा का आस्वाद ले रहे थे। पकड़ी गई किरात तरुणियों से वह कुछ जानना चाहते थे,

लेकिन दोनों एक दूसरे की भाषा नहीं समझ सकते थे। अंक के संकेत से बहुत थोड़े ही भाव प्रकट हो सकते थे।

यह वह लोग थे जो गहरे काले रंग को दायभाग के तौर पर हमारी नसों में छोड़ गए, जिन्हें निषाद कहा जाता था। मुसहर जैसी कुछ जातियाँ अब भी बहुत कुछ शुद्ध रूप में निषाद रक्त को अपने शरीर में रक्खे हुए हैं। निषाद का शरीर ही बिलकुल काला नहीं होता, बल्कि उनके बाल भी सौ वर्ष की उमर तक काले ही रहते हैं।

यह निषाद और किरात का झगड़ा था। दोनों जंगल के स्वामी थे, जंगल ही उनके जीवन का आधार था। बारहों महीना उसी से वह अपने लिए भोजन प्राप्त करते थे सम्पत्ति में अभी 'मेरी और तेरी' का सवाल नहीं आया था। जंगल और उसकी सारी उपज जाति की सम्मिलित सम्पत्ति थी। मिलकर वह शिकार करते, मिलकर खाते, संकट पड़ने पर मिलकर शत्रु का मुकाबला करते। मंगई के तट के लिए दोनों जातियों में झगड़ा था। निषाद उसे अपनी भूमि मानते थे और किरात अपनी। किरात, हो सकता है, बहुत पहले यहाँ पहुँचे थे। पर, भूमि पर पहले आने से कोई सदा के लिए अपना अधिकार कायम नहीं रख सकता। अधिकार का फैसला हथियार करता है। कनैला के ताल पर उस दिन का मछली का शिकार किरातों का अन्तिम शिकार था। उनके अधिकांश लोग यहीं मार डाले गए। जान बचाकर भागे लोगों ने अपने आदमियों को यहाँ लाने की कोशिश जरूर की होगी, पर सफलता नहीं हुई।

निषादों को जंगल में कभी कुछ किरात मिल गए थे, जिससे उन्हें मालूम था कि दूसरी जाति के लोग इन जंगलों में शिकार करने का दावा रखते हैं। जहाँ मानव-शत्रु के होने का पता हो, वहाँ सैर-सपट्टे के लिए जाने की हिम्मत कोई नहीं कर सकता। उस दिन मंगई के परले पार निषाद अपना डेरा डाले पड़े थे। निशीथ में किरातों के गानों की आवाज उनके कानों में पहुँची। उसी वक्त उन्होंने शत्रु पर आक्रमण करने का निश्चय कर लिया। शत्रु निश्चिन्त सो गए, अँधेरा भी बाधक नहीं रहा, उस समय वह मंगई पार हुए, पानी बहुत ज्यादा नहीं था।

किरातों की झोपड़ियाँ अब निषादों की हो गईं। जंगल में बिखरी दुश्मनों की भैंसों और गायों को निषादों ने अपना बना लिया। डेरे के पास के मुर्दों को उन्होंने दूर फेंक दिया और अपने मुर्दों को गाड़ दिया। घायल किरातों को कुछ ठीक होने पर उन्होंने बेंच दिया। इस युद्ध को उन्होंने मामूली युद्ध नहीं समझा, यह इसी से मालूम होगा कि दो दिन बाद वहाँ हजारों निषाद जमा हो गए। शायद उन्हें अब भी डर था कि खबर पाकर किरात बड़ी संख्या में उन पर आक्रमण करेंगे। निषादों का यह समुदाय दस दिन तक वहीं डटा रहा। भोजन के लिए उनको कोई चिन्ता नहीं थी। किरातों की हजारों गायें-भैंसे खाने के लिए मौजूद थीं, ताल में मछलियाँ भी थीं और जंगल में शिकार के लिए जानवर तो थे ही। किरातों के कुत्ते अब अपने शत्रुओं को अपना मालिक समझने लगे। किरात-तरुणियों ने अपने को भाग्य पर छोड़ दिया। वह निषाद सरदार और उसके मुख्य-मुख्य वीरों की बन गई थीं। अब उन्हें प्राणों का डर नहीं था।

किरातों से युद्ध का डर जाता रहा। मंगई के बायें तट की भूमि भी दूर तक निषादों की हो गई। लेकिन, सरयू और राप्ती की भूमि को किरातों से खाली कराना अभी दूर की बात थी। वस्तुत: वह केवल अपने बल पर इसे कर भी नहीं सकते थे। इसके लिए दूसरे सहायकों की आवश्यकता थी जो उनके दास खरीदते थे।

निषाद भी बहुत कुछ किरातों जैसा ही जीवन व्यतीत करते थे, पर पशुपालन अतिरिक्त खेती के महत्त्व को कुछ-कुछ समझने लगे थे। अभी शिकारी जीवन की प्रधानता थी, खेती आधे मन से ही होती थी। मंगई के पास कनैला की भूमि में खेती के लिए बीज बोना पहले-पहल निषादों ने ही शुरू किया। लाखों वर्षों से जंगलों की पत्तियों के सड़ने के कारण भूमि स्वत: उर्वर थी, उसे खाद की आवश्यकता नहीं थी। आदमी जरा-सा मिट्टी हटाकर बीज डाल देता और वह जमकर लहलहाने लगता। पशुओं के लिए घास-चारा जंगल में भरा हुआ था। मनुष्य अधिकतर शिकार, घरेलू पशुओं के मांस और मछली पर गुजारा करता था। वह यह जानता था कि मांस या शिकार रोज-रोज सुलभ नहीं होते और न उन्हें महीनों के लिए जमा करके रक्खा जा सकता है।

फल सुखा कर कितने ही समय तक रक्खा जा सकता है। अनाज तो साल भर ठहर सकता है। निषादों के डेरों के स्थान बदलते रहते थे। जहाँ शिकार और अपने पशुओं के चरने का सुभीता था, वहाँ घूमते रहते। फसल के अनुकूल मौसम में जहाँ डेरा रहता, वहीं कुछ खेती भी कर लिया करते। बरसात में मंगई बढ़ती। तालों और झीलों का पानी भी बढ़ जाता। वर्षों के तजुर्बे से उन्हें मालूम हो गया कि कौन-सी जगह बाढ़ के पानी से सुरक्षित है, वहीं वह अपनी झोपड़ियाँ लगाते। जंगल में बाँस और लकड़ी की इफरात थी। पर, हथियार के नाम पर उनके पास ताँबे के कुल्हाड़े थे जो बहुत महँगे होने के कारण सुलभ नहीं थे। इसे निषादों पर लादा हुआ हथियार कहना चाहिए। यदि दूसरों ने इसका आविष्कार करके उनके खिलाफ इस्तेमाल करके यह न बतला दिया होता कि इसके बिना तुम्हारी खैरियत नहीं, तो सम्भव है, अब भी किरात और निषाद पत्थरों, हड्डियों और लकड़ी के हथियारों को ही इस्तेमाल करते। निषाद ताँबे के सम्पर्क में पहले आए, इसीलिए वह किरातों को उत्तर में ढकेलने में सफल हुए। ताँबा जबरदस्ती लादा हुआ था, यह इससे भी कहना पड़ता है कि अब भी धातु-युग के अनुरूप उनका सामाजिक-आर्थिक जीवन नहीं था। काली-पीली दोनों जातियाँ जनयुग में थीं। उनका श्रम और सम्पत्ति सामूहिक थी, व्यक्तिगत नहीं, बल्कि जन या समाज की प्रधानता थी।

3
दमिल

जहाँ आज कनैला, सिसवा आदि गाँव हैं, वहाँ ताम्र-युग के अन्तिम काल में भी कुछ गाँव बस गए थे। उनकी जीविका में शिकार का नगण्य हाथ नहीं था, पर खेती और पशुपालन अधिकाधिक होता जा रहा था। निषाद छोड़कर और कोई जाति इस भूमि पर दावेदार नहीं रह गई थी, इसलिए यदि कभी भयंकर झगड़े की नौबत आती, तो वह निषादों के ही भिन्न-भिन्न जनों में होता। हर वक्त लड़ना-मरना मनुष्य को प्रिय नहीं है, इसलिए खूनी संघर्षों की नौबत कभी ही कभी आती।

इसे शान्ति की तरफ मनुष्य का बढ़ना कहिए, पर आदमी तभी शान्ति का रास्ता पकड़ता है जब उसके स्वार्थ के लिए खतरा न हो। शांति से अपनी स्वार्थपूर्ति का अधिक अवसर मिले, तभी मनुष्य उसे अपनाता है। मंगई इस भूमि के अतिरिक्त पानी को बहाकर गंगा में और उसके बाद समुद्र में ले जाने का साधन थी। अगर वह न होती, तो बरसात का पानी जमा होकर इस भूमि को प्राणियों और वनस्पतियों के रहने लायक न रहने देता। बड़े तालों और कभी-कभी मंगई में भी लकड़ी के बोटों को छील कर बनी डोंगियों का इस्तेमाल करते। अब मंगई का एक और इस्तेमाल होने लगा। बरसात में छोटी-छोटी नावों का वह मार्ग बन गई जिसके ही कारण उसका नाम मार्गिकी या मंगई पड़ा। नावों पर आने वाले न निषाद थे, न उनके प्रतिद्वंद्वी किरात। यह एक तीसरी ही जाति के लोग थे जो निषादों के सम्पर्क में पहले आए। पहले दोनों के संघर्ष हुए, पर निषादों को यह मालूम होते देर न लगी कि इनसे हम सफल नहीं हो सकते। वह केवल जीविका छीनने के लिए नहीं आते, बल्कि अपनी और पराई चीजों को परिवर्तन करके सहायक भी बनना चाहते हैं। यह दमिल जाति के थे, जिसके बहुत से अवशेष उत्तर भारत में मिलते हैं। बाद में आने वाले आर्य यद्यपि उनके स्मृति-चिह्नों को मिटा देना चाहते थे, पर यह उनके बस की बात नहीं थी। दमिल रंग में न किरातों की तरह पांडु वर्ण थे और न निषादों की तरह बिलकुल काले। इनका रंग साँवला या पक्का था।

वह सदियों पहले शिकारी जीवन छोड़ चुके थे। खेती में ही उन्होंने बहुत उन्नति नहीं की थी, शिल्प और दस्तकारी का भी बहुत विकास किया था। गाँवों से बढ़ते-बढ़ते उन्होंने नगर स्थापित किये और कृषि तथा शिल्प की उपज का विनियम करते अब वाणिज्य उनकी जीविका का एक अंग बन चुका था। वाणिज्य के कारण अज्ञात जातियों और देशों को ढूँढ़ निकालना आवश्यक हो जाता है। जलमार्ग व्यापार के लिए सदा से सुगम और सस्ता मार्ग रहा है, दमिल व्यापारी भी इसे जानते थे। समुद्र में उनकी सौ पतवारों की नावें चला करती थीं, जिनके बल पर उन्होंने

सौराष्ट्र के दक्खिन तक अपने ग्राम-निगम स्थापित किये थे। गंगा-जमुना का उपयोग लेते उनके किनारे भी कितने ही नगर उन्होंने कायम किये। निषाद और किरात जातियाँ उनसे प्रभावित होने के लिए अब बाध्य होने लगीं। पहले वह अपना काम अपने नगरों, उसके आस-पास के देहात और वणिक-मार्गों तक ही सीमित रखते थे, पर संख्या और व्यवसाय की वृद्धि के कारण वह पहले की अछूती जगहों में भी पहुँच रहे थे। दमिल रंग में और मुखाकृति में भी निषाद से कुछ भिन्न थे। सभ्यता और संस्कृति में बढ़ी हुई जाति अपने से पिछड़ी जाति को हीन दृष्टि से देखती है। पर, निषादों और दमिलों का भेदभाव अधिक शताब्दियों तक नहीं चला। आज उनका फर्क करना भी मुश्किल है।

मंगई सीधी गंगा में जाकर गिरती है। संगम के पास दमिल व्यापारियों ने अपना नगर बसाया था। व्यापारी पिछली जाति को प्राय: लूटना-मारना पसन्द नहीं करते थे। इसको तथा इनकी लाई हुई चीजों की उपयोगिता को देखते निषादों ने उनके साथ अच्छा सम्बन्ध स्थापित कर लिया। मंगई नावों के लिए बरसात के दो-डेढ़ महीने ही उपयुक्त थी—उस समय और भी अधिक पानी रहता था, इनमें सन्देह नहीं। दमिल व्यापारी अभी इस जलमार्ग का नावों के लिए पूरा उपयोग नहीं करते थे, पर उसको उन्होंने भीतर घुसने का रास्ता बना लिया था।

सिसवा में कब दमिल व्यापारी पहुँचे, यह कहना मुश्किल है। बहुत सम्भव है, अपने ताँबे और उसके हथियारों को लिए वह उस समय भी मंगई-उपत्यका में आते-जाते थे, जबकि निषादों ने किरातों को सरयू पार भगाया। निषाद और दमिल के रंग और मुखाकृति में अन्तर था, पर सिन्धु उपत्यका से बढ़ते-बढ़ते उन्हें इस जगह पहुँचने में हजार से अधिक वर्ष बीते थे। निषादों को उन्होंने अपने अधीन बनाया और निषाद दास-दासियों को भी अपने घरों में स्थान दिया था। इसका अनिवार्य परिणाम रक्त-सम्मिश्रण हुआ। दमिलों में ऐसे काफी स्त्री-पुरुष मिलने लगे थे जो शरीर में निषादों से बहुत अन्तर नहीं रखते थे।

सुरक्षित और ऊँचे स्थान में होने के कारण सिसवा जल्दी ही एक बड़े निषाद ग्राम के रूप में परिणत हो गया। फिर यहाँ अस्थायी तौर से दमिल व्यापारी बसने लगे। वाराणसी उनका एक बहुत बड़ा नगर था, जहाँ से वह स्थल-मार्ग से भी सिसवा पहुँचने लगे। निषाद सरदारों से उनकी घनिष्टता स्थापित हुई, उसके साथ निषाद-दमिल मिश्रित सन्तानें सिसवा में बढ़ने लगी। इस प्रकार सिसवा एक मिश्रित जाति और संस्कृति का केन्द्र बना। दमिलों के ज्ञान और अनुभव से लाभ उठाने का उसे मौका मिला और कुछ ही शताब्दियों में इस भू-भाग की कायापलट हो गई।

काशीग्राम

(700 ई.पू.)

1

भूमि ने जितने लोगों और दृश्यों को देखा, यदि वह उसका वर्णन करे, तो वह अद्‌भुत कथा होगी। भूमि मूक है, वाणी से वंचित है, इसलिए अपनी देखी हुई चीजों को मुँह से बतला नहीं सकती, यह कहना उचित नहीं है। जिन लोगों से उसका कभी सम्पर्क पड़ा, उनकी कोई न कोई चीज धरोहर के रूप में वह अपने पास बराबर रखती रही। जिस समय (ईसा पूर्व सातवीं सदी) की हम बात कर रहे हैं, उस समय की भी धरोहर सिसवा और कनैला की भूमि में जरूर छिपी हुई है। अगर वह सामने आती, तो अपनी मूक भाषा में बहुत-सी बातें बतलाती। मनुष्य वाणीयुक्त प्राणी है, पर वह वाणी का उपयोग झूठ बोलने में भी करता है। पृथ्वी कभी झूठ नहीं बोलती। आज से 2700 वर्ष पहले की धरोहर भूमि के गर्भ में निहित अवश्य है, पर उसके लिए हमें नौ-दस हाथ नीचे जाना पड़ेगा। कुआँ खोदते अकस्मात् ऐसी चीज कभी मिल भी जाती है, लेकिन गाँव के लोगों को उसका महत्त्व मालूम नहीं।

निषाद और दमिल भाषा इस भूमि से अभी लुप्त नहीं हुई थी, पर एक और भाषा-भाषी जाति यहाँ पहुँच गई थी। वह अपने को आर्य कहती, अपने गौर वर्ण और सुनहले बालों पर हद से ज्यादा अभिमान करती थी। कभी दमिल भी निषादों से अपने को ऊँचा मानते थे। पर, उनके मन में यह

ख्याल नहीं आया था, हम देवता हैं और निषाद साधारण मानव। दोनों का संघर्ष कुछ ही दिनों में मिट गया। पर, आर्य हर बात में अपनी टेक रखते थे। उन्होंने यहाँ के ग्रामों, नदियों, भूमि, वृक्षों, वनस्पति सबके नाम बदल डालने की कसम खा रक्खी थी। यदि किसी पुराने नाम के बदले में अपनी भाषा का नाम नहीं मिला, तो उसके उच्चरण में परिवर्तन कर देते। शिशपा या शीशम यहाँ जंगलों में मौजूद था, उसी के पास बसे गाँव का नाम शिशपा पड़ा—जो आज बिगड़कर सिसवा हो गया। पर, आर्यों के मुख से निकला यह नाम द्रविड़ भाषा का है या निषाद भाषा का, यह पता नहीं लगता।

शिशपा अब ग्राम नहीं, छोटे नगर का रूप ले चुका था। यहाँ के मकानों में काष्ठ का सुन्दर उपयोग था, जिससे कला और सौन्दर्य का पूरा परिचय मिलता था। दोमंजिला-तिमंजिला अट्टालिकाएँ थीं, जिनमें राजन्य अरुणाश्व का निवास तो राज प्रासाद जैसा मालूम होता था। राजन्य आर्यों की काशी जाति के थे। कुछ शताब्दियों पहले उनके पूर्वज पश्चिम से आकर इस भूमि में बस गए। उनके जन का नाम काशी था। आर्य हरेक नई भूमि में पहुँचकर उसको अपने जन का नाम देते थे। इस प्रकार यह भूमि काशी जनपद कही जाने लगी। काशियों का राजा उसी वाराणसी में रहता था। जिसकी स्थापना का श्रेय दमिलों को था। वरणा, असी और गंगा के बीच में बसी इस नगरी को काशियों ने दमिलों से छीना था। अब वह आर्यों का पूर्व में बहुत बड़ा गढ़ बन गई थी। काशियों के उत्तर और पश्चिम में कोसल नामक आर्यजन की भूमि थी। अपने आर्य-भिन्न प्रतिद्वंद्वियों से भयंकर संघर्ष होते समय आर्यजन अपने भीतरी झगड़ों को भूलकर उनका मुकाबला करते थे। उनके प्रतिद्वंद्वी पूरी तौर से परास्त हो चुके थे, आर्यों की अधीनता स्वीकार करने में ही उन्हें खैरियत मालूम हुई थी। अब उनके आपसी संघर्ष शुरू हो गए थे।

अरुणाश्व नाम ही बतलाता है कि इन लोगों को अश्व (घोड़े) से बहुत प्रेम था। वस्तुतः भारत भूमि को अगर किसी नई महत्त्वपूर्ण चीज के देने का आर्यों को श्रेय है, तो वह अश्व है। इसी अश्व के बल पर मुट्ठी भर रहते भी उन्होंने दमिलों, निषादों और दुर्दान्त किरातों को नतमस्तक किया।

उनके प्रतिद्वंद्वी पैदल चलकर दिन भर में जितनी दूर पहुँचते, वहाँ आर्य अश्वारोही दो घंटे में आ धमकते। पैदल घोड़सवार योद्धा का क्या मुकाबला करते? इस भूमि पर अधिकार किये दो शताब्दियाँ हो चुकीं, पर अश्व का प्रेम काशियों में वैसा ही था।

अरुणाश्व के पास जहाँ हजारों गायें थीं, घोड़े-घोड़ियों की संख्या भी कई सौ थी। आर्य बच्चे जन्मजात घोडसवार थे। घोड़े की नंगी पीठ पर बिना लगाम या साधारण लगाम लगा छिपकली की तरह चिपक जाते। घोड़ा कितना ही दौड़ता, उन्हें गिरा नहीं सकता था। काशी जनपद का राजा वाराणसी में रहता था। उसके राजन्य (सामन्त) जगह-जगह दुर्ग बाँधकर बसे थे। आरम्भ में यह दुर्ग केवल सैनिक महत्त्व रखते थे, राजन्य काशियों के सेनप थे। पर, पीढ़ियों बीतने के बाद उनका वह रूप बहुत कुछ घट गया, वह छोटे राजा से मालूम होते थे। अरुणाश्व के वैभव में वह सभी बातें सम्मिलित थीं, जो काशीराज अजातशत्रु के यहाँ देखी जा सकती थीं। शरीर और बुद्धि दोनों से सबल होना आर्यों का आदर्श था। अरुणाश्व 50 वर्ष से ऊपर के हो गए थे, पर यदि अधिकांश सफेद बालों का न ख्याल किया जाता, तो वह 30 वर्ष के एक बलिष्ठ तरुण से मालूम होते थे। काशियों के सामन्तों की सारी परम्परा का वह पालन करते थे। उनका लड़का पिता के अनुरूप नहीं समझा गया, इसीलिए उसे कृशाश्व—दुबले घोड़ों वाला—नाम दे दिया था। लम्बाई में वह पिता से कम नहीं था, पर उसके शरीर की मांसपेशियाँ पिता का नाम धराती थीं।

आर्य राजाओं और राजन्यों के पास ही वैभव का आधिक्य नहीं था, बल्कि उनके ब्राह्मण महाशाल भी किसी राजन्य से कम नहीं थे। उनके पास भी हजारों गायें, घोड़े होते। उनके कर्मान्तों (खेतियों) में सैकड़ों दास-दासियाँ काम करते। एक-एक महाशाल के पास पढ़ने वाले चार-चार, पाँच-पाँच सौ अन्तेवासी (छात्र) रहते। अन्तेवासी सिर्फ गुरु से विद्या ग्रहण नहीं करते, बल्कि उनके घर का काम-काज भी करते थे। कृशाश्व को अपने आचार्य सुमेध भारद्वाज के पास विद्या ग्रहण करने में जितना आनन्द आता था, उतना और

किसी काम में नहीं। सुमेध ब्राह्मण महाशाल का गाँव एक छोटा-सा राजन्य गाँव-सा मालूम होता था, यद्यपि वह राजन्य अरुणाश्व के पुरोहित मात्र थे। मंगई पार कनैला की भूमि में भारद्वाज का गुरुकुल था। इस ब्राह्मण महाशाल वंश की विद्या में तीन-चार पीढ़ियों से ख्याति थी। उस समय विद्या पुस्तकों के रूप में नहीं थी। वह गुरु के हृदय में संचित रहती। गुरुमुख से सुनकर विद्यार्थी उसे दोहराते-घोखते हृदयस्थ करते थे। कृशाश्व की स्मरण शक्ति बड़ी तीव्र थी। यदि ऐसा न होता, तो शायद वह विद्या के लिए ऐसा एकान्त अनुरक्त न होता। अरुणाश्व विद्या के महत्त्व को समझते थे। काशियों का राजवंश अपनी विद्या के लिए सारी आर्यभूमि में प्रसिद्धि रखता था। ब्राह्मण महाशाल तक काशिराज अजातशत्रु के पास विद्या ग्रहण करने आते। पर, अरुणाश्व को यह पसन्द नहीं था कृशाश्व क्षत्रियोचित शिल्प से वंचित रहे। घोड़सवारी कृशाश्व के खून में थी। बचपन में ही और लड़कों की तरह उसे भी वह आ गई थी। धनुष-बाण भी चला लेता और असि-भाले भी। पर, उनमें उसका मन न लगता था। बीस वर्ष की आयु में आचार्य की सारी विद्या कृशाश्व को मिल गई। वेद पढ़ाकर आचार्य भारद्वाज ने अन्तेवासी (शिष्य) को अनुशासन (उपदेश) दिया—“सत्य बोलो, धर्माचरण करो, स्वाध्याय में प्रमाद न करना। आचार्य के लिए प्रिय धन (गुरुदक्षिणा के तौर पर) लाकर प्रजा-तन्तु (सन्तान-परम्परा) को न तोड़ना। देवों-पितरों के काम में प्रमाद न करना। माता को देव मानना, पिता को देव मानना, आचार्य को देव मानना, अतिथि को देव मानना। जो हमारे निर्दोष कर्म हैं, उन्हीं का सेवन करना, दूसरों को नहीं।”

कृशाश्व ने प्रिय धन के तौर पर सींगों में सोने से मढ़ी एक सौ गायें, एक अश्वतरी (खचरी), रथ, चार दास और चार दासियाँ दीं। अरुणाश्व के मन से एक बड़ा बोझ उतर गया। अपने ज्येष्ठ पुत्र से उनको डर लगा रहता था। मुंडक-परिव्राजकों ने कुलों और गृहों में पूजित अग्नि का प्रत्याख्यान करके निर्द्वंद्व घूमना जीवन का लक्ष्य बना लिया था। वह बहुश्रुत बुद्धिमान होते थे। उनके तर्क-वितर्क के सामने किसी की नहीं चलती थी।

हरेक तरुण में घुमक्कड़ी का बीज तो उग्र रूप में मौजूद रहता ही है। कितने ही ब्राह्मण महाशालों और क्षत्रिय महाशालों के तरुण पुत्रों को वह बहका लेते। मेधाविनी कुमारियाँ भी उनके फँदे में फँसने से न बचतीं। विद्या की तरफ इतनी आसक्ति देखकर कृशाश्व से उसके पिता को भारी आशंका हो रही थी।

2

कृशाश्व सुखी राजन्य-पुत्र था। उसे परिव्राजक होकर दर-दर मारा-मारा फिरना पसन्द नहीं आया। पिता ने और भी निश्चिन्त हो जाने के लिए पुत्र का ब्याह कर देना आवश्यक समझा। काशी- कोसल में राजन्य-कन्याओं की कमी नहीं थी। अरुणाश्व की दोनों जनपदों में बड़ी प्रतिष्ठा थी। काशी के ज्येष्ठ राजन्य होने के कारण एक से एक सुन्दरी कुमारियाँ कृशाश्व के लिए मौजूद थीं। अन्त में काशी राजकुमारी कपिला के सौन्दर्य को देखकर कृशाश्व ने उससे ब्याह करना पसन्द किया। कपिला शिशपा के राजन्य प्रासाद में आई। उसके संसर्ग से भी प्रेरित हो कृशाश्व ने क्षत्रियोचित शिल्प की ओर विशेष ध्यान दिया। मृगया को वह बिलकुल नापसन्द करता था। अब वह उसके लिए दिन-दिन जंगलों की खाक छानता। राजन्य-पत्नी ने इसी विचार से कृशाश्व के गर्भ में आने पर वृषभ मांस को घी और भात के साथ पका कर खाया था कि मेरा पुत्र प्रसिद्ध पंडित, सभा को शोभित करने वाला, सारे वेदों का जानकार और दीर्घायु होगा। माता को ख्याल नहीं रहा, कि उसका पुत्र राजन्य-सूनु है। सिर्फ वेद-विद्या से उसका काम नहीं चलेगा। गृहस्थ बनने के बाद के चार-पाँच वर्षों में कृशाश्व ने अपनी सारी कमी पूरी कर ली। उसकी नसपेशियाँ पुष्ट हो गईं, भुजाएँ और जाँघें मांसल हो गईं। अरुणाश्व को यह देखकर बहुत सन्तोष हुआ, लेकिन पुत्र के 26 वर्ष के होते तक वह चल बसा।

अब कृशाश्व शिशपा का राजन्य था। शरीर से कृश नहीं था, इसलिए कृशाश्व कहना उसके लिए उपयुक्त नहीं था। उसकी अश्वशाला में बाप से भी अधिक अश्व थे। यह सब होते हए भी उसकी वासना विद्या की ओर से कम नहीं हुई थी। जान-बूझकर उसने पिता को खुश करने के लिए अपनी जिज्ञासा

दबा रक्खी थी। अब उसकी पूर्ति की ओर उसका ध्यान गया। ब्राह्मण किसी समय विद्या के एकमात्र कोश रहे हों, पर अब क्षत्रिय भी इस क्षेत्र में आगे बढ़े थे। मुंडक-परिव्राजकों की बात कह चुके हैं। आर्यों का विश्वास था, सैकड़ों गायों-बकरियों को मारकर किये जाने वाले यज्ञों का पुण्य अपार होता है। वैश्य या गृहपति में बहुत बड़ी संख्या पुराने दमिलों की थी जो अब भाषा और संस्कृति में आर्यों का पूरी तौर से अनुकरण करते थे, उनके ब्राह्मणों की पूजा करते थे। पर, उनके अवचेतन में अपने पूर्वजों की महत्त्वाकांक्षा भी छिपी हुई थी। ब्राह्मणों के कर्मकांड का वह खुलकर विरोध नहीं कर सकते थे, लेकिन विरोध करने वालों का उनका समर्थन जरूर प्राप्त था। क्षत्रिय भी ब्राह्मणों की खुशामद करते तंग आ गए थे। उनकी विद्या उनके लिए छिपी हुई चीज नहीं थी। उन्होंने कहना शुरू किया : यह यज्ञ-रूपी नौकाएँ संसार-सागर पार करने के लिए अदृढ़ हैं। उनकी जगह उन्होंने विश्व के भीतर निहित अज्ञेय शक्ति का आविष्कार कर उसके बारे में कहना शुरू किया। लोगों का ध्यान इनकी ओर इतना आकृष्ट हुआ कि बड़े-बड़े ब्राह्मण महाशाल भी उनके पास ज्ञान-प्राप्ति के लिए आने लगे।

कृशाश्व को दूर जाने की जरूरत नहीं थी। उसके ससुर का अग्रज तथा काशियों का राजा अजातशत्रु इस ज्ञान में बड़ी ख्याति रखता था। ब्राह्मण गार्ग्य उशीनर (बहावलपुर-मुल्तान), मत्स्य (पूर्वी राजस्थान) कुरु (मेरठ कमिश्नरी), पंचाल (रुहेलखंड-आगरा कमिश्नरियाँ) ही नहीं, विदेह तक ज्ञान की तलाश में घूमता अन्त में काशियों के राजा अजातशत्रु के पास आया। गार्ग्य को अपनी विद्या का अभिमान हो सकता था, पर वह ज्ञान की तीव्र जिज्ञासा लेकर आया था। अजातशत्रु के प्रश्नों का उत्तर न दे सकने से गार्ग्य ने समझ लिया कि मुझमें विद्या की कमी है। उसने काशिराज की विधिवत् शिष्यता स्वीकार करनी चाही। पर अजातशत्रु ने कहा—

"यह उलटा है कि ब्राह्मण क्षत्रिय का शिष्य बनने जाए। तुम्हें यों ही मैं बतलाउंगा।" गार्ग्य का हाथ पकड़कर अजातशत्रु एक सोये पुरुष के पास गया और उसे पुकार कर बोला : "हे महान पीताम्बरधारी सोम राजा!"

किन्तु वह खड़ा नहीं हुआ। जब हाथ से हिलाया, तो खड़ा हो गया। अजातशत्रु ने कहा, "जब यह सोया था, तो यह विज्ञानमय पुरुष (जीव) कहाँ था? अब कहाँ से आया?" गार्ग्य को बात समझ में नहीं आई। इस पर अजातशत्रु ने बतलाया, "जब यह सोया हुआ था, तो इसका चेतनामय पुरुष हृदय के भीतर के आकाश में सोया हुआ था।"

कृशाश्व के लिए ऐसा ब्रह्मज्ञानी अपने सम्बन्धी तथा अधिराज के रूप में मौजूद था, जिसके पास देश-देशान्तर से लोग ब्रह्मज्ञान के लिए आते थे। मुंडक-परिव्राजक भी ज्ञान-विज्ञान की बातें करते थे, उसके बारे में वाद रोपते थे; पर, उनकी दीक्षा लेने पर कृशाश्व को घर-द्वार छोड़ना पड़ता, देश-देशान्तर में मारा-मारा फिरना पड़ता। कहीं खाने का ठिकाना होता और कहीं यों ही रहना पड़ता। उसे अपनी सुन्दरी पत्नी बहुत प्यारी थी। एक समृद्ध भू-भाग का वह बिना मुकुट का सम्राट् था। परिव्राजकों के स्वच्छन्द जीवन की ओर उसको एक बार आकर्षण हुआ था, पर वह जल्दी ही खत्म हो गया। शिशपा नगरी के लोग अपने राजन्य से बहुत सन्तुष्ट थे। वह अपने पिता से भी अधिक मृदु स्वभाव का, साथ ही समझदार था, इसलिए उसकी मृदुता का कोई अनुचित लाभ उठा नहीं सकता था। अपने गुरु भारद्वाज को वह बराबर दान-दक्षिणा देता रहता; हाँ, स्वर्ग के लिए नहीं। बड़े-बड़े यज्ञ कराता जिसके कारण ब्राह्मण उससे सन्तुष्ट थे। गृहपति, कमकर और दास उसे बड़ा धर्मात्मा समझते थे। चारों ओर राजन्य कृशाश्व की ख्याति थी। एक दिन जब यह मालूम हुआ कि ज्ञान की प्राप्ति के लिए वह वाराणसी गया है, तो लोगों में और भी श्रद्धा जगी। कृशाश्व वृद्ध अजातशत्रु का शिष्य बन वहाँ से ब्रह्मज्ञान लेकर लौटा!

3

काशियों और कोसलों के राजाओं में बराबर अनबन रहती थी। पड़ोसी रहने से उसके कारण भी पैदा हो जाते थे, पर अकारण भी वह एक-दूसरे को हड़पना चाहते थे। यह राजा-राजा का ही झगड़ा न रहता, बल्कि कोसलों की

तरफ से सारे कोसल क्षत्रिय हथियार उठाते, उसी तरह दूसरी ओर काशी के लोग भी अपनी लड़ाई समझकर कुछ भी उठा न रखते। कृशाश्व का ब्रह्मज्ञान इसके लिए पर्याप्त नहीं था। उसे भी अपने सैनिकों का नेतृत्व करना पड़ता। युद्ध वृद्ध अजातशत्रु में भी नौजवानी पैदा कर देता। उसके जीवन भर कोसल अपने मनसूबे में सफल नहीं हो सका। पर, दो पीढ़ियों बाद काशी राजवंश को उच्छिन्न होना पड़ा। अब काशी और कोसल एक राजा के अधीन थे। जनपदों में अपने व्यक्तित्व के लिए इतना आग्रह था कि कोसलराज काशी के नाम को मिटा नहीं सका। काशी महानगरी थी, एक राज्य की राजधानी ही नहीं, बल्कि शिल्प और व्यवसाय में कोसल की राजधानी श्रावस्ती से भी बढ़-चढ़कर थी। काशियों को सन्तुष्ट रखने के लिए कोसल के राजा अपने छोटे भाई या लड़के को काशिराज बना वाराणसी में रखने लगे।

शिशपा में भी परिवर्तन हुआ। कृशाश्व के वंश के स्थान पर कोसल का एक सेनापति राजन्य हुआ। काशी के लोग इतना जल्दी वंशबद नहीं हो सकते थे। कोसल अपनी विजय के उन्माद से आग में घी डालने का काम करते थे। इसके कारण कभी-कभी संघर्ष हो जाता, पर कोसल की शक्ति इतनी बड़ी थी कि विरोधियों को सफलता का मुँह देखने को न मिलता। काशियों में एक और भी कमी थी—वहाँ के गृहपति कोसलों के पक्ष में थे। व्यापार पहले से बहुत चमका था। हजारों तरह की चीजें बनने लगी थीं। किरातों-निषादों को ताँबा ही भर मालूम था। उसके ही हथियार उस समय बनते और बहुत महँगे बिकते थे। अब लोहे का प्रचार हो गया था। उसके हथियार ही नहीं, बल्कि बर्तन भी बनते थे। वह इतने प्रचुर परिमाण में पैदा हो रहा था कि दाम भी सस्ता हो गया था। सोनार, लोहार, तक्षा (बढ़ई) आदि सभी शिल्पियों की बड़ी कदर थी। उनकी बनाई चीजें बात की बात में बिक जाती थीं। गृहपति कोसल के शासन से क्यों न प्रसन्न होते? पहले काशी जनपद की सीमा पार करने पर उन्हें कोसल के शुल्क उगाहने वाले घेरते और मनमाना कर उगाहते। अब शिशपा के श्रेष्ठी और सार्थवाह कोसल की प्रजा थे, इसलिए उनको निर्बाध व्यापार करने का पूरा सुभीता था।

गृहपति पहले से ही धनी और संस्कृत वर्ग था, उनकी जड़ प्राचीन दमिल जाति से सम्बद्ध थी। उनमें आर्य और निषाद रक्त काफी प्रविष्ट हो गया था। अब तो सुन्दरी गृहपति-कन्याएँ अन्त:पुरों में भी प्रविष्ट होने लगी थीं और उनकी सन्तानों को गद्दी पर बैठने का अवसर था। कोसल राज्य के पूर्व में मल्लों और उनके पूर्व में वृजियों (लिच्छवियों) के गण थे, जो रक्त की शुद्धता के जबरदस्त पक्षपाती थे। ब्राह्मणों ने गृह-पति और क्षत्रिय-कन्याओं से ब्याह करना शुरू किया। उनके अनुमोदन के साथ क्षत्रियों ने गृहपतियों की कन्यायें लेनी आरम्भ की। इसके कारण गणों के क्षत्रिय उन्हें वर्णसंकर समझ न उनकी कन्यायें लेते, न अपनी कन्यायें देते।

शिशपा नगर बढ़कर मंगई के दोनों किनारे दूर तक फैला हुआ था। अधिकांश दूकानें और सेठों के बड़े-बड़े प्रासाद मंगई के दायें किनारे थे, वहीं पहले-पहल शिशपा बस्ती स्थापित हुई थी। शिल्पियों, ब्राह्मणों और दूसरों की आबादी मंगई के दूसरे पार फैली हुई थी। नगर के बाहर दूर तक बगीचे चले गए थे। किरात-निषाद लोग जंगली वृक्षों का फल खाते थे। उन्होंने जंगली अनाज को अपने खेतों में उगाना शुरू किया था। यह अनाज पहले की अपेक्षा अधिक बड़े होते और स्वादिष्ट होते थे। पर, फलों के बारे में उन्होंने प्रकृति पर निर्भर रहना पसन्द किया। इधर पीढ़ियों से आम और दूसरे फलों को आदमियों ने लगाना शुरू किया। खाद और पानी दे उनका पोषण करते, अधिक मधुर फलों के उत्पादन करने में उन्होंने सफलता पाई। कर्नहट की तरफ भी राजन्य, ब्राह्मण महाशालों और श्रेष्ठी-सार्थवाहों के कितने ही बगीचे थे। कोसल को विजय से शिशपा की धन-सम्पत्ति को कोई क्षति नहीं हुई। उसकी वृद्धि के साथ नगर भी अधिक बढ़ गया। सुव्यवस्था और राज्य-विस्तार से लाभ उठाकर गृहपतियों ने अपने कार-बार को बहुत बढ़ा लिया। पहले वह काशी, कोसल, मल्ल तक का ही नाम जानते थे। अब उनके साथ (कारवाँ) मगध और वृजी में ही नहीं, सुदूर पश्चिम में पंचाल, कुरु, मद्र और गंधार तक जाते थे। पूर्वी और पश्चिमी समुद्रों का भी उन्हें पता हो गया था। सीधे नहीं तो दूसरों के द्वारा उनके पण्य समुद्र तक पहुँचते थे।

ब्राह्मणों की सबसे अधिक प्रतिष्ठा थी। भोग और ऐश्वर्य में यद्यपि राजन्य ऊपर थे, पर ब्राह्मण महाशालों के वैभव से भी देवताओं को ईर्ष्या होती थी। राज्य-संचालन का सूत्र उन्हीं के हाथ में था। वही महामंत्री बनते, वही न्यायासन पर बैठते थे। राजदंड राजा के हाथ में रहता, पर धर्मदंड के स्वामी ब्राह्मण थे। ब्राह्मण महाशालों के भवन राजन्य या राज-प्रसाद से कम विशाल और वैभव-सम्भव नहीं होते थे। उनकी घोड़शालों में एक से एक अच्छे घोड़े होते थे। उस समय काशी जनपद में घोड़ों की अच्छी नसल को बढ़ाने का बहुत ख्याल था। पर, वैभवशाली लोग पश्चिम के सौदागरों द्वारा लाये गए सैन्धव घोड़ों को रखना पसन्द करते थे। ब्राह्मण महाशालों के गोशालाओं में हजारों गायें, घड़े-घड़े भर दूध देने वाली सैकड़ों भैंसें होती थीं। चारों ओर जंगल ही जंगल था, पशुओं को चराना सुगम था। उन्हें घर पर बाँधकर खिलाने की जरूरत नहीं पड़ती थी। जंगलों के कम होने से जंगली जानवरों के आकार में खर्वता होती देखी जाती है, वही बात अब भूखे रहने वाले ग्राम्य पशुओं के बारे में भी है। आज के ढोरों को देखकर शिशपा नगरी के उस समय के ढोरों की कल्पना नहीं की जा सकती। गायों-घोड़ों-भैंसों को चराने के लिए हरेक महाशाल परिवार में कितने ही दास और कर्मकर रहते। कर्मकर (कमकर) यद्यपि दास-दासियों की तरह खरीदे -बेचे नहीं जा सकते थे, पर जीविका मालिक के अधीन होने से उनका जीवन भी उन्हीं के हाथ में था। दास-दासियों की अवस्था पशुओं से बेहतर यदि थी, तो इसीलिए कि वह उनकी अपेक्षा अधिक मूल्यवान होते थे। एक दास के लिए पाँच-पाँच, दस-दस गायें देनी पड़ती। अकाल के समय उनका दाम सस्ता भी हो जाता, अनाथ बच्चे यों ही आकर दास बन जाते। दास प्राय: सभी अत्यन्त काले होते थे, अर्थात् वह निषादों के वंशज थे। कर्मकरों में निषाद और दमिल दोनों की शुद्ध या मिश्रित सन्तानें होतीं। किरातों का इस भूमि में कहीं पता नहीं था। निषादों ने उनकी स्त्रियाँ लूट में पाई थीं, पर महासरोवर में दो बूँद पड़ा नील का रंग क्या उसे नीला कर सकता है?

गृहपतियों में अधिकांश रंग में माँगुर जैसे पक्के होते, कुछ गोरे भी होते। काले (निषाद) वर्ण को वह भी पसन्द नहीं करते थे। अपने प्रभु आर्यों की देखा-देखी वह भी सुन्दरता के लिए गोरा रंग होना अवश्यक समझते थे, इसलिए आर्यों के साथ अनुलोम या प्रतिलोम रक्त-सम्बन्ध स्थापित करना पसन्द करते थे। श्रेष्ठी-सार्थवाहों के पास इतनी सम्पत्ति थी, जितनी क्षत्रिय-ब्राह्मण महाशालों के पास नहीं हो सकती थी। अपनी उदारता के कारण वह राजा और राजन्य के बड़े कृपापात्र थे। शिशपा से स्थल मार्ग से वाराणसी, साकेत (अयोध्या), श्रावस्ती, कुसिनारा का सम्बन्ध था। वर्षों में व्यापारी नावें गंगा से शिशपा पहुँचती, महानदियों के किनारे के दूसरे नगरों में भी जातीं। ब्राह्मणों और क्षत्रियों की तरह गृहपति भी बड़े-बड़े यज्ञ करना चाहते थे; लेकिन, कुछ यज्ञों को ब्राह्मणों ने अपने और क्षत्रियों के लिए ही सुरक्षित रक्खा था, इसलिए अश्वमेध, वाजपेय जैसे यज्ञ गृहपति नहीं कर सकते थे। ऐसे ऐश्वर्यशाली वर्ग को ब्राह्मण छोड़ कैसे सकते थे? उन्होंने उनके लिए विशेष कर्मकांड बना दिये। उस समय छूतछात भोजन में नहीं, बल्कि रक्त-सम्बन्ध में बरती जाती थी।

शिशपा की भूमि तीन जातियों की त्रिवेणी देख चुकी थी। अब चौथी जाति उपस्थित हुई। पहले की तीनों जातियों में आर्थिक स्वार्थ के कारण संघर्ष होता था, रक्त-सम्बन्ध से भी कुछ भेदभाव था, पर वह आसानी से दूर होने लायक था। चौथी (आर्य) जाति ने आकर प्रभुता हाथ में सँभाली थी। शासन ही नहीं, बल्कि धर्म में भी आर्य अपनी चलाना चाहते थे। इसके कारण जहाँ आर्यों (ब्राह्मण-क्षत्रियों) को दूसरे लोगों से अलग रखने के लिए पक्का बाँध बाँधने की कोशिश की जाती थी, वहाँ आर्यन्य भिन्नों को भी ऊँच-नीच श्रेणियों में बाँटने का प्रयत्न हो रहा था। प्रभु-वर्ग इसी तरह अपनी प्रभुता को अक्षुण्ण रखना सम्भव समझता था। पर, गृहपति वर्ग सब तरह से इतना उन्नत था कि उसके साथ राजन्य-वर्ग रक्त सम्बन्ध स्थापित करने से नहीं चूकता था। शिशपा के नगर-श्रेष्ठी धनदास की कन्या प्रभावती अत्यन्त सुन्दरी थी। उसके सौन्दर्य को देखकर शिशपा के राजन्य का उत्तराधिकारी मुग्ध हुआ और पिता-माता को श्रेष्ठी-कन्या को बहू बनाना मंजूर करना पड़ा।

शिशपा नगरी के लोगों में ब्राह्मणों के देवताओं इन्द्र, वैश्रवण, सोम आदि का बहुत मान था। उनके निमित्त हवन-यज्ञ होते थे। पर, निषादों और दमिलों ही नहीं, बल्कि किरातों के कुछ देवता भी स्थानच्युत नहीं हुए। आर्येतर लोगों को उनमें अधिक श्रद्धा थी, क्योंकि मनोकामना पूरा करने में वह अधिक समर्थ थे और उनकी पूजा-रीतियाँ लोगों को अच्छी तरह समझ में आती थीं। देवता यद्यपि मनुष्य या दूसरे प्राणियों के आकार वाले थे, पर उनकी मूर्ति न बना किसी वृक्ष या चबूतरे में रहते माना जाता था। उनके लिए कुछ मढ़ियाँ भी बनी थीं। देवता मनुष्यों के सिर पर आकर उनके मुँह से बोलते थे। देवताओं को बुलाने वाले ओझा-सयाने की कदर आर्य ललनाएँ भी करने लगी थीं।

बड़ी रानी

(250 ई.पू.)

कनैला ब्राह्मणों का एक छोटा-सा गुमनाम गाँव रेल के समीपतम स्टेशन से 10 मील दूर है, जहाँ से कच्ची-पक्की सड़कें इतनी दूर हैं कि बैलगाड़ी पर भी जाना सम्भव नहीं। अब उसके भीतर से पक्की सड़क बन गई है, मोटरबसें गुजरने लगी हैं। अठारहवीं सदी के पूर्वार्द्ध में पांडे लोगों द्वारा आवासित होने वाले गाँव के इतिहास के लिए कितनी उड़ान की जा सकती है? पुरानी बस्ती के निशान थे, इसीलिए बर्तमान मालिकों के आ बसने से पहले भी यहाँ लोग रहते थे, यह अनुमान किया जा सकता है। वहाँ के 'कोट' पर सैयद की लुप्तप्राय कब्र और परम्परा बतलाती है कि कभी यहाँ एक छोटा-मोटा मुसलमान सामन्त रहता था। इस परम्परा के वाहक शायद मुसलमान दस्तकार हैं। ये लोग आरम्भिक मुस्लिम-शासन में हिन्दू से मुसलमान हुए। इस गाँव—जिसको सरकारी कागज-पत्रों में कनैला-कर्नहट लिखा जाता है—के धुँधले-से इतिहास को अकबर से पहले दिल्ली के तुर्क सुल्तानों तक ले जाने को खींचातानी कहा जा सकता है। जो भी हो, जीवित परम्परा किसी भी हालत में छह-सात शताब्दियों से पूर्व इस गाँव के इतिहास को नहीं पहुँचाती। सैयद-सामन्त के शासन के पूर्व आस-पास में कोई हिन्दू राजा रहता था, यह जरूर बतलाया जाता है और यह भी कि उसकी दो रानियों ने दो तालाब बनवाये थे,

जो उनके नाम पर 'बड़ी पोखरी' और 'लहुरी पोखरी' के नाम से अब भी प्रसिद्ध हैं। लहुरी पोखरी के भींटे कुछ ऊँचे होने से उसे अवश्य पोखरा या तालाब के नाम से पुकारा जा सकता है, यद्यपि बरसात के समाप्त होने के दो महीने बाद भी उसमें पानी की बूँद नहीं रह जाती। पर, बड़ी के किनारे के भींटे न जाने कब के धरती में विलीन हो चुके हैं और तालाब न कहकर उसे देवखात (छोटी-सी झील) ही कहा जा सकता है। उससे एक हो गया, उसी का आगे का टेढ़ा बढ़ाव 'नाउर' के नाम से पुकारा जाता है। बतलाया जाता है कि इस पुष्करिणी को राजा की लौंडी या रखैल एक नाउन ने बनवाया था। क्या यह राजा वही था जिसे सैयद या आदिम मुस्लिम सरदार ने मार भगाया था? सरदार या उसके खानदान की क्रूरता की बहुत-सी कहावतें मशहूर हैं। उसके पास का क्षुद्र जलाशय अपने नाम 'दलसगरा' (सैनिक सागर) का उपहास-सा करता है।

ये सारी कहावतें और बातें हमें कनैला के बारे में बहुत दूर नहीं ले जातीं। मंगई नदी—गरमियों में प्राय: सूखी रहने वाली, पर सीधी गंगा में जाकर मिलने से कुछ संभ्रांत—कनैला से मील-भर से कम ही दूर है, वहाँ के सिसवा नामक ध्वंसावशेष से कनिष्क के सिक्के बहुत मिलते हैं, जो उसके इतिहास को ईसवी सन् के आरम्भ तक पहुँचाते हैं। पर वे कनैला के इतिहास को पीछे कैसे खींच सकते हैं? ज्यादा से ज्यादा यही कहा जा सकता है कि कनिष्क के काल में भी इस गाँव में खेती होती होगी। यह तो किसी भी भूमि के बारे में कहा जा सकता है जहाँ पुरानी बस्ती के निशान गहराई तक मिलते हैं। बहुत पहले से बड़ी पोखरी में सिल-सी बड़ी ईंटें मिलती रहीं। ईंटें पोथी-पत्रों से इतिहास के कहीं अधिक प्रामाणिक साक्षी हैं, इसे वहाँ के लोग क्या जानें? बड़ी-सी ईंटें 17 इंच लम्बी, 9 इंच के करीब चौड़ी और ढाई इंच मोटी हैं। पहले दस-पाँच ईंटें मिलीं और लोगों ने उनके उपयोग को समझा नहीं। पर हाल में नीचे खोदने पर तालाब के किनारे बँधी पक्की ईंटों की दीवार दूर तक जाकर दोनों सिरों में समकोण पर घूम गई दीख पड़ी। सरकार या पुरातत्व को इन ईंटों की कोई पर्वा नहीं थी, पर पकी-पकाई

ईंटों को देखकर ले जाने-भर की जरूरत थी, इसलिए आस-पास के गाँव वाले अपनी कुदालों और गाड़ियों को लेकर टूट पड़े। दुलाई लग गई और मौर्य-शुंगकाल के इस अवशेष को समाप्त किया जाने लगा। बड़ी ने अपने पेट में 22-23 सौ वर्षों से जो इतिहास छिपा रखा था, उसका लाभ उठाने से पहले ही आज मनुष्य ने उसे नष्ट कर देना चाहा। भला हो सिद्धनाथ पांडे का, जिन्होंने अपने हिस्से में पड़ने के बाद से ईंटों की लूट को बन्द कर दिया।

1

शिशपा (सिसवा) नगरी का आज सोलहों सिंगार हुआ था। राजपथ सींचे गए थे। गलियों तक से वासित जल की सुगन्ध उठ रही थी। नागरिकों ने अपने दरवाजों को केलों के स्तम्भों, पुष्प-पल्लव-मंडित मंगल-कलशों और लम्बी-लम्बी मालाओं से सुसज्जित करने में एक-दूसरे से होड़ लगा रखी थी। तरुणों की तो बात ही क्या, वृद्ध नागरिक और नागरिकाओं तक ने आज नये वस्त्र और तरह-तरह के आभूषण पहन रखे थे। हाट-बाजार की दूकानें नाना पण्यों से सजी हुई थीं। आस-पास के ही नहीं, दूर-दूर के गाँवों के लोगों ने सड़कों और गलियों को सबेरे से ही भर दिया था। दूकानदारों की बन आई थी। मिठाई वाले पछता रहे थे कि और लड्डू क्यों नहीं बनाएँ? सुनारों ने जेवरों को बनाकर रखने में अधिक संकोच से काम नहीं लिया था और उनकी पाँचों उँगलियाँ घी में थीं। मालियों की फूल-मालाएँ तड़के ही खत्म हो चुकी थीं। सिर्फ महिलाओं को ही केश-सज्जा के लिए उनकी जरूरत नहीं थी, बल्कि रास्ते के तोरणों और घरों को भी उनसे सजाना था। पुष्पों के लिए वसन्त का अपार भंडार खुला हुआ था, पर वह भी इस खिंचाव में ठहर नहीं सका। यदि यह कहा जाए कि काशिकाएँ फूलों पर मरती हैं, तो अतिशयोक्ति न होगी—हाँ, आज की वहाँ की तरुणियाँ फूलों पर नहीं मरतीं। कोसल-वासिनियाँ भी उनसे पीछे नहीं हैं। आज के सिरमौर देश मगध की सुन्दरियों के लिए उनके नगर पाटलिपुत्र में फूलों की इतनी भरमार थी कि उसे पुष्पों का पुर कहा जा सकता था।

शिशपा के हाट-बाट-चौरस्ते तो सँवारे और नर-नारियों से भरे ही हैं। राजन्य के प्रासाद के सामने अवर्णनीय चहल-पहल है। सिंहद्वार पर जनगण खड़े उसकी सुन्दरता का निरीक्षण कर रहे हैं। भीतर प्रासाद के प्राङ्गण में सभी जाने नहीं पाते; पर जो प्रविष्ट हो चुके हैं, उनसे धरती दबी-सी जा रही है। परन्तु उसके अनुरूप यहाँ कानों को बहरा करने वाला कोलाहल नहीं है। सब की दृष्टि प्रांगण के बीच की ओर है। सामने उत्तुंग अट्टालिका है, जिसकी हरेक मंजिल पर चैत्याकार दो कमानियों से आवेष्टित-शिखरित गवाक्ष एक असमान पंक्ति में लगे हैं, जिनमें राजवंशी नर-नारियों के मुख मूर्ति-से निश्चल दीख पड़ते हैं। पहले कोठे पर गवाक्ष नहीं, एक पूरा सिंहपंजर (अटारी) है जिससे चार चेहरे झाँक रहे हैं। राजन्य सुबाहु यदि प्रासाद में होते, तो वह यहाँ बीच में दिखाई पड़ते। अपनी दो परिचारिकाओं के साथ रानी और राजकुमारी उच्चासन पर बैठी आँगन के बीच नजर गड़ाये हैं। ऊपरी मंजिलों पर से भी इसी तरह अन्तः पुर के लोग झाँक रहे हैं। गवाक्षों और सिंहपंजर के बाहर आड़ी-बेड़ी सरल शाल की पट्टिकाओं से निर्मित कठघरे बड़े सुन्दर मालूम होते हैं। इन्द्रधनुष के सारे रंगों से, जान पड़ता है, इन्हें हाल ही में रँगा गया है। इन्द्र का वैजयन्त-प्रासाद ऐसा ही होगा और उसकी अप्सराएँ भी इन्हीं जैसी होंगी। पर क्या वैजयन्त-प्रासाद केवल काष्ठ का बना होगा? राजन्य के प्रासाद में ईंटों का भी उपयोग हुआ है, पर बाहर से दिखलाई देने वाले भाग काष्ठमय हैं।

प्रांगण के बीच में नृत्य हो रहा है। सात सुन्दरियाँ नृत्य में तन्मय हैं। उनके पास चार पुरुष वाद्य बजा रहे हैं। एक मृदंग पर ताल दे रहा है। दूसरा वीणा को बाईं बगल में दबायें उसके तारों को बाएँ हाथों से छेड़ रहा है। यह वीणा नहीं, कोई और वाद्य होगा; पर है तारों वाला वाद्य ही। एक कांस्य (झाल) बजा रहा है। जोश में आ एक पुरूष अपने को भूल नृत्यांगनाओं के बीच में खड़ा झूमता वीणा के तारों को झंकृत कर रहा है। वाद्य की सहायता के लिए संगीत की लहरी भी आवश्यक है। एक कोकिलकंठी दाहिने हाथ को कानों पर लगाये तान छेड़ रही है, उसकी एड़ियों के गुल्फ एक-दूसरे

के पास और घुटनों के पास थोड़े वंकित हैं। पैरों में चार-चार पोले कड़े हैं, जिनके भीतर पड़े दाने जरा-सी गति में झन-झन करने के लिए तैयार हैं। दूसरी सुमुखियों की तरह इसकी भी साड़ी घुटनों के ऊपर कच्चे की तरह बँधी है और बीच में कमरबन्द के लटकते दोनों छोरों में एक घुटने तक और दूसरा गुल्फ तक पड़ा हुआ है। कटि में कमर के ऊपर तिलड़ी मेखला बड़े सुन्दर ढंग से ढीली बँधी हुई है। नृत्य पूरा व्यायाम है, इसलिए यदि इन नृत्य-निष्णांत वारांगनाओं के शरीर पर अधिक भेद न दिखाई पड़े, तो कोई आश्चर्य नहीं। सुन्दरियों के वक्ष और नितम्ब निसर्गतः गुरु होते हैं और कटि क्षीण। अंग साँचे में ढले जैसे मालूम होते हैं। उनके ऊपरी शरीर पर अतिसूक्ष्मवस्त्र पड़ा है, जिसे दिव्य दृष्टि से ही देखा जा सकता है। सुघड़ वर्तुल स्तनों के बीच एक दुलड़ा हार उनकी सीमा तक लटक रहा है, जिसके ऊपर एक के नीचे एक तीन सुवर्ण की कंठमालाएँ हैं। फूलों और आभूषणों के बीच सिर के केशों का पता लगाना मुश्किल है। जूड़ा कपोल के ऊपरी भाग से जरा-सा पीछे हटकर है, जो जाती के श्वेत पुष्पों से सँवारा हुआ है। सामने ललाट की सीमा को भी थोड़ा उल्लंघित करती मोतियों और कनकपुष्पों से गुँथी अलकों की चार पाँतियाँ कानों को आधा ढकती पीठ पर पड़ी हैं। कानों में कन्धे के पास तक लटकता नाना आकृति का अलंकार लटक रहा है। हाथों में पाँच-पाँच वलय हैं और सभी अँगुलियों के बिचले आधे भाग को मुँदरियों ने ढक रखा है।

राजन्य सुबाहु आधे काशी-जनपद के राष्ट्रिक (राज्यपाल) हैं। आज उनके सारे शासित भू-भाग की सौन्दर्य-राशि यहाँ एकत्रित है। सबसे सुन्दर और कला में सबसे निपुण नर्तकियाँ यहाँ अपना कौशल प्रदर्शित कर रही हैं। वे निसर्ग सुन्दरियाँ हैं। अलंकारों और प्रसाधनों ने उन्हें वैजयन्त की देवांगनाओं से भी अधिक मोहक बना दिया है। वीणा-वादक तो देवपुरुष-सा जान पड़ता है। उसकी कमर से नारियों की भाँति ही घुटनों तक धोती का कच्छा लटका हुआ है। धोती के छोर सुन्दर ढंग से गुल्फों तक लटक रहे हैं। हाथों में अनेक तथा नाना आकार के वलय हैं। गले में अनेक लड़ियों की वक्षमाला और कंठमालाएँ हैं। कान कुंडलों के भार से कन्धों पर लटक रहे हैं।

सिर पर बँधा उष्णीय विशेष तौर से आकर्षक है, जिसमें आगे की ओर झुकी केशों की जूड़ा फूलों की सूक्ष्म सज्जा के भीतर से दिखाई पड़ती है। ललाट के ऊपर उष्णीष के मूल में सँवारे केश एक-एक गिने जा सकते हैं।

नर्तकियों और वादकों के मनोहर रूप को देखकर ही दर्शक अपने को कृतकृत्य समझते, पर असली मोहिनी तो उनकी कला है। वह देखो, अन्त:पुरी की एक सुन्दरी अपने को न सँभाल सिर पर हाथ रख उछल पड़ी, दूसरी की बत्तीसी उज्ज्वल हो गई। दर्शकों के बीच कलरव तरंगित हो गया।

आज शिशपा नगरी ने अमरावती का रूप धारण किया है। यहाँ केवल आनंद और उत्साह का सागर तरंगित हो रहा है। यह नहीं है कि यहाँ के सभी लोग तरुण और सुंदर हैं, पर सौन्दर्य ही सबसे अधिक दीख पड़ता है। यह भी नहीं है कि यहाँ के सभी नर-नारी कनकवर्ण हैं। गौरवर्ण और सौन्दर्य का कोई अविछिन्न सम्बन्ध भी नहीं है। यह जरूर है कि गौरवर्ण को देश के सारे वैभव प्राप्त हैं और कृष्ण को सारे अभाव। राजन्य, उनके पुरोहित और सगोत्री गोरे हैं तथा शिल्पी, कर्मकर और दास काले। दोनों रंगों के बीच वैभव और अभाव की खाईं है। पर रंग की यह सीमा उतनी पक्की नहीं है। प्रभु-वर्ग में भी कभी-कभी साँवला रंग दिखलाई पड़ जाता है और दूसरे वर्ग में श्वेत। दासों में तो रंगों की और भी अव्यवस्था है। उनमें कुछ सुदूर पश्चिम से आए हैं, जैसे कंबोज से आजानीय अश्व। ये दास शिशपा के अति गौर प्रभुओं से भी अधिक गौर हैं। आज इन श्वेतांग दासों में अधिक प्रसन्नता दीख पड़ती है। इसका कारण है। शिशपा पुराधीश राजन्य सुबाहु प्रियदर्शी राजा अशोक के अति चतुर सेनापति हैं। कलिंग-विजय में उन्होंने अपने सर्वातिशायी रण-कौशल का परिचय दिया था। काशिकों ही नहीं, कोसलों की वीर वाहिनी के भी वह सेनापति थे। मगध-सम्राट् की वाहिनी में उनकी जोड़ी का दूसरा यशस्वी सेनापति मुद्रक रेवत था। देवानांप्रिय (अशोक) को इस महान विजय का उतना हर्ष नहीं हुआ; पर वे अपने सैनिकों और सेनापतियों के शौर्य को भुलाने के लिए तैयार नहीं थे। कलिंग-जन भी वीर थे। देवानांप्रिय के पितामह उन्हें विजित नहीं कर सके थे। जब सारे जम्बूद्वीप की अपार वाहिनी उनके ऊपर

चढ़ दौड़ी, तो क्या करते? शत-सहस्त्र कलिंग-जन मारे गए और उनसे भी अधिक आहत हुए। इस मरण और वध से देवानांप्रिय को बहुत वेदना हुई। उस समय से देवानांप्रिय के जीवन में भारी परिवर्तन हो गया। उन्होंने युद्ध के पथ का परित्याग किया और धर्म-शांति-विजय को अपना ध्येय बनाया। कलिंग के लिए उनके हृदय में अपार करुणा उमड़ आई। उन्होंने कलिंगों को सुखी कर उनकी पीड़ा को भुलवाने का पूरा प्रयत्न किया। साथ ही अपने मद्रक और काशिक सेनापतियों के वीरतापूर्ण कौशल को भी सत्कृत किया। युद्धक्षेत्र में दोनों सेनापतियों का घनिष्ठ बन्धुत्व स्थापित हुआ। पर काशी और मद्र (स्यालकोट) एक-दूसरे से बहुत दूर हैं। यह दूरी शायद उस बन्धुत्व को भुलावा देने का कारण हो, इसलिए उन्होंने उसे स्थिर करने की बात सोची—सुबाहु के एकमात्र पुत्र जयंत का रेवत की कन्या भद्रा से ब्याह हो जाए। देवानांप्रिय को जब दोनों सेनापतियों ने अपना निश्चय बतलाया, तो वे बहुत हर्षित हुए। इतना ही नहीं, उन्होंने अपनी आँखों के सामने पाटलिपुत्र में दोनों तरुण हृदयों को प्रणय-सूत्र में बद्ध होने के लिए कहा। दोनों के पिता इससे क्यों न आह्लादित होते? यह विवाह कलिंग-विजय के चार वर्ष बाद इसी साल हो रहा है। जयंत और भद्रा आज अपने पिताओं के साथ शिशपापुरी आ रहे हैं। इसीलिए नगरी और उसके वासी हर्ष के मारे फूले नहीं समा रहे हैं।

बसन्त में मार्गिका (मंगई) काकपेया हो जाती है, पर शिशपा के लोग अपने पास उसे वैसा होने नहीं दे सकते। उन्होंने आध कोस नीचे ऊँचा बाँध बाँध दिया है। हर साल के श्रम को बचाने के लिए बाँध का नीचला ईंटों का है और ऊपर मिट्टी का कच्चा भाग है। ऊपरी भाग हर साल मार्गिका के बरसाती प्रवाह में बह जाता है, जिसे शरद में बाँध दिया जाता है। यदि यह जलराशि न होती, तो शिशपा नगरी इतनी बहुजन-आकीर्ण न होती। राजन्य के घोड़े और हाथी एक दिन में कई तड़ागों को सुखा सकते थे। फिर नगरी में गायें और भैंसे कम नहीं हैं। इस अवरुद्ध जल में ग्रीष्म की संध्या और चाँदनी रातों को नौका-विहार भी किया जाता है। मार्गिका सीधे जाकर गंगा में मिलती है। इसमें इतना पानी यदि नीचे तक होता, तो आज गंगा से वधू-वर

की यात्रा उसके ऊपर से होती। वर्षा में दो महीने के लिए ही यह सरिता व्यापारियों की नावों से भरा वाणिज्य-मार्ग बन जाती है। वर-यात्री पाटलिपुत्र से गंगा में नावों द्वारा उससे नजदीक के घाट (शायद सैदपुर-भितरी) पर उतरे जो राजन्य के अपने शासित प्रदेश में है। सवार दौड़कर इसकी खबर दे चुके हैं कि बरात कल सबेरे नाव से उतरी। आज संध्या से पहले उनके शिशपा पहुँचने की नि श्चित आशा है। उत्सवप्रिय जनगण आज सबेरे से ही महोत्सव मना रहा है।

चैत महीने की गरमी दुस्सह नहीं होती। तीसरे पहर वह काफी नरम पड़ जाती है। इसी समय दूर से बाजों की आवाज और आकाश में उड़ती धूल दिखाई पड़ी। नगर के भीतर से लोगों का रेला दक्खिन की ओर तेजी से चला। अपने ज़नपद में घुसते ही दर्शनार्थियों का इतना जबरदस्त आग्रह हुआ कि वधू-वर को शिशपा के महागज मेघनाथ पर बैठना पड़ा। लोग अपने भावी राजन्य और रानी को मानों आँखों से पी रहे थे। सुन्दरियों की खान मद्रदेश की राजकन्या भद्रा वधू थी। मेघनाद विशाल दाँतों के साथ सिर को अगल-बगल घुमाता जंगम पर्वत-सा मंद गति से चल रहा था। उसके सौम्य स्वभाव से परिचित नर-नारी रास्ते में उससे सट के खड़े हो जाते थे। दाहिनी ओर देवनांप्रिय के दिये महागज पर राजन्य और उनके समधी बैठे थे, बाई ओर मेघनाद के अंकुश को कुमार ने अपने हाथ में सँभाल लिया था और वधू पीछे बैठी थी। एक परिचारिका ने दोनों के ऊपर सुनहले कामों का चन्द्रातप टाँग रखा था। पीछे-पीछे कई हथिनियों पर अन्तःपुरचारिणी सुन्दरियाँ सज-धज कर बैठी थीं, पर भद्रा के सामने चाँद के सम्मुख वे ताराओं-सी मालूम होती थीं।

भद्रा अब मद्र की नहीं, काशी की रानी थी। उसके शरीर पर काशिकाओं की विनीत सज्जा थी। पैरां में सोने के मोटे कड़े थे। जिनके ऊपर साँप के आठ बार कुंडलित वलय थे। अन्तर्वास के ऊपर कई लड़ियों वाली शिजनी लटक रही थी। नाभि से ऊपर दोनों कन्धों पर से आए सुवर्ण-सूत्र एक-दूसरे को काटते शिजिनी से मिल गए थे। कई लड़ियों वाले मोतियों और महार्घ रत्नों के हार वक्षस्थल को ढाके हुए थे। उसके स्वर्णिम केशों को मोतियों

के साथ गूँथकर पीठ की ओर बड़ी सुन्दर रीति से लटका दिया गया था। उसके स्वभावश: अरुण अधरों के लिए अधर-राग की जरूरत नहीं थी और न आरक्त शङ्ख-श्वेत छवि-वर्ण के लिए कृत्रिम चूर्ण की। उसकी विशाल आँखें मानो नीलम की थीं। नर-नारी उसे मानवी मनाने के लिए तैयार नहीं थे। राजन्य के प्रति असाधारण प्रेम के कारण लोग ऐसी वधू को पाकर अपने ही भाग्य को सराह रहे थे। बड़ी बेकरारी के साथ प्रतीक्षा हो रही थी। नगरद्वार से ही वर-वधू के ऊपर पुष्प-वृष्टि होने लगी। कवियों की भाषा में कहा जा सकता है कि अट्टालिकाओं के गवाक्षों में सुन्दरियों के मुख-कमल खिले हुए थे। पर उनमें कोई भद्रा कुमारी की सुन्दरता की ईर्ष्या भी नहीं कर सकती थी। भद्रा को इसका अपार सन्तोष था कि वह जिस देश की बनने जा रही है, वह मद्र की तरह ही उसका आत्मीय है। नागरिकों के मंडल-नृत्य को देखकर उसने समझा, काशी के लोग भी मद्रों की तरह ही उत्सवप्रिय हैं। अन्त:पुर के सिंहद्वार पर सास ने अपनी परिचारिकाओं के साथ वधू का स्वागत करते विधि पूरी की।

2

मनुष्य उच्छिन्न न होने वाला बहता प्रवाह है। एक पीढ़ी जाती है, दूसरी उसका स्थान लेती है। अगली पीढ़ी पहली से अधिक भव्य हो, यही कामना करनी चाहिए। राजन्य सुबाहु का पुत्र जयन्त ऐसा ही था। वह अपने पिता के सारे सद्गुणों का उत्तराधिकारी था। प्रजा उससे परम-सन्तुष्ट थी। तारुण्य-सुलभ आमोद-प्रमोद से वंचित रहने की आवश्यकता नहीं थी, पर नये राजन्य-दम्पति व्यसनी नहीं थे। जयन्त के खून में वीरता और रणकौशल मौजूद था, पर पिता के साथ ही उनके प्रदर्शन का अवसर भी जाता रहा। कलिंग-विजय के बाद प्रियदर्शी ने युद्ध का रास्ता सदा के लिए त्याग दिया, राज्य-विजय के स्थान पर धर्म-विजय को अपना लक्ष्य बनाया। उनका धर्म संकीर्ण और संकुचित नहीं था। वह अपने-पराए सभी पाखंडों (धर्मों) का सम्मान करते थे। राज्य में भी उनका अनुकरण हो रहा था। जब सारे जम्बूद्वीप के अधीश्वर अवरोध

में रहते, भोजन पर बैठते, उद्यान में विहार करते भी सब छोड़कर जनता की बातों को सुनने के लिए तैयार थे, तो उनका अनुकरण करने वाले सर्वत्र क्यों न मिलते?

तरुण राजन्य ने शौर्य और निर्भीकता दिखलाने के लिए मृगया का क्षेत्र चुना था। उस समय बस्तियाँ कम और जंगल अधिक थे। इसका यह अर्थ नहीं कि सारा काशी- जनपद जंगलों से ही भरा था। शिशपा के आस-पास दूर तक घनी बस्तियाँ थीं। उपनगर भी बहुत दूर तक फैला था। प्रियदर्शी अशोक के शासन-काल (266-232 ई.पू.) के अन्तिम 20 वर्षों में जो शान्ति चारों ओर स्थापित हुई, उसके कारण और जगहों की तरह शिशपा और उसके देहात का बहुत विस्तार हुआ। देश की समृद्धि के साथ शिल्प और कला, व्यापार और सुरुचि की वृद्धि होनी जरूरी है। शिशपा मार्गिका के दाहिने किनारे पर बसा था। वह इसी तरफ बढ़ सकता था और बढ़ा भी, पर मार्गिका का कलेवर न इतना बड़ा था और न बरसात में वह ऐसा भयंकर रूप धरती थी कि नगर के कुछ भाग को दूसरे पार बसने में दिक्कत का सामना करना पड़ता। जयन्त के समय बायें तट पर उपनगर का विस्तार और अधिक हुआ। प्रियदर्शी राजा मृगया विरत थे, सब प्रकार की प्राणिहिंसा से विरत थे। उनके महानस में रोज जो एक मृग और एक मोर पकते थे, वे उनके अपने आखेट के परिणाम नहीं थे। भद्रा ने भी बहुत कोमल हृदय पाया था। पर वह अपने पति की मृगया या सहभोज में बाधक नहीं थी। जनपद के जंगलों में सभी प्रकार के अहेर सुलभ थे। उस समय हाथियों को सिमट कर हिमालय की तराई या विन्ध्य के अतिदुर्गम स्थानों में शरण लेने की मजबूरी नहीं थी। वैसे वे भली-भाँति जानते थे कि अपने सामने नगण्य से शरीर वाले मनुष्य से बैर मोल लेना बुद्धिमानी नहीं है। बाघ ही नहीं, असली सिंह भी उस समय काशी- कोशल के जंगलों में दुर्लभ नहीं थे। गैंडे के लिए अवश्य तराई तक जाने की आवश्यकता पड़ती। साँभर, बारहसिंघे, हिरन और गवय (घोड़रोज) तो जंगलों में सर्वत्र दौड़ते फिरते थे। राजन्य को खतरनाक शिकार करने में प्रसन्नता होती थी। सिंह और बाघ उन्होंने सैकड़ों मारे थे और बिलकुल आमने-सामने से।

उनका कहना था—"अपने शत्रु की कमजोरियों से लाभ उठाना बहादुरी नहीं है। उसे भी प्रत्याक्रमण की उतनी ही सुविधा मिलनी चाहिए। यदि हम पंचानन नहीं हैं, तो खड्ग से उस कमी को पूरा कर सकते हैं।" उन्हें असि और चर्म (ढ़ाल) से शिकार करने में आनन्द आता था। धनुष-बाण को वे दौड़ते लक्ष्यों के लिए ही इस्तेमाल करते थे।

समय के साथ आदमी में ही नहीं, प्रकृति में भी कितने ही परिवर्तन होते हैं। जंगलों की कमी-बेशी आदमियों की बेशी-कमी पर निर्भर है। आदमी संख्या में बढ़ता है, उसे अपने निर्वाह के लिए अधिक अन्न और अधिक खेतों की आवश्यकता पड़ती है। वह कुल्हाड़े उठा जंगलों का संहार करने लगता है। प्रियदर्शी के काल में मनुष्य-संख्या अभी उतनी नहीं बढ़ी थी। काशी की भूमि अधिकतर हरे जंगलों से ढकी थी। ग्रीष्म की झंझा और आतप के समय भी शाम को वनों की हरीतिमा धूमिल नहीं पड़ती थी। पतझड़ के समय अवश्य कुछ दिनों के लिए वनस्पति नग्न हो जाते थे, पर उसके बाद ही दूने सौन्दर्य के साथ उपस्थित होते थे। जंगलों की बहुतायत का अर्थ है—ग्राम्य और आरण्यक पशुओं को प्रचुर खाद्य की प्राप्ति। खाद्य पर ही तो शरीर और स्वास्थ्य की वृद्धि निर्भर है। गोपाल उस समय खेती की आवश्यकता नहीं समझते थे। एक-एक के पास हजार-हजार गौयें होतीं। जंगल में पानी की सुविधा देखकर वह घास-फूस की कुटिया छा लेते, जिसे छोड़ने में उन्हें दुःख न होता। मोटे लक्कड़ों से घेर कर बाड़े बना लेते, जिनमें रात को गौयें और दिन में उनके बछड़े रहते। उनकी घड़े-घड़े भर दूध देने वाली गौयें, सेर-सेर मक्खन देने वाली भैंसें दूध-घी की नदियाँ बहाती थीं। बाघ सिंह ताक में रहते, पर इनके पास भी नुकीले मजबूत सींग थे और उनसे भी बढ़कर मिलकर शत्रु का मुकाबला करने की बुद्धि थी। जंगल के राजा का कल्याण अपनी जंगली प्रजा पर निर्भर रहने में था। दूध-घी के अतिरिक्त मांस भी उस समय के लोगों का प्रधान भोजन था। गो-मांस भी खाद्य था, पर बकरी और हिरन का मांस बहुत प्रिय माना जाता था। मोर और जलपक्षी भी स्वादिष्ट माने जाते थे। मनुष्य लिए अज्ञात उत्तर दिशा से हर जाड़े में ये पक्षी आते और वसन्त में

उसी ओर चले जाते। इन पर उड़ते समय लक्ष्य साधना असम्भव था; पर जयन्त के लिए नहीं।

तरुणाई से आगे बढ़ने पर जयन्त धर्म की ओर झुके, जिसमें उनकी पत्नी भद्रा चार कदम आगे थी। राजन्य के अवरोध में एक ही भार्या कैसे रह सकती? फिर अनेक सामन्त कुमारियाँ कहाँ जातीं? पर पत्नी के तौर पर उन्होंने एक ही और ग्रहण की थी जिसके कारण भद्रा को बड़ी रानी और छोटी को लहुरी कहा जाता था। भद्रा के आने के कई साल बाद उसकी सौत आई। उस समय तक भद्रा का पुत्र और पिता का उत्तराधिकारी कर्ण बाल्य-काल की सीमा पार करने लगा था। बड़ी और लहुरी रानी में सौतों का नहीं, सहोदराओं का सम्बन्ध था। लहुरी रानी अपनी ज्येष्ठा की हर बात में अनुकरण करना अपना कर्त्तव्य समझती। राजन्य का प्रेम धर्म की ओर झुका। वे देवानांप्रिय प्रियदर्शी को ही अपना आदर्श मानने लगे जो अब अपनी आयु के अन्तिम वर्षों में थे, धर्म और कर्त्तव्य का पालन करने में ही रत थे।

शिशपापुरी में इसी समय तथागत के लिए एक चैत्य बना जिसमें राजन्य ही नहीं, उनकी प्रजा ने भी अपनी श्रद्धा के प्रदर्शन में कमी नहीं की। बड़ी ईंटों का नाति-विशाल अर्धगोल चैत्य, जिसकी चार मूल दिशाओं में चार तोरण और चारों तरफ से परिक्रमा को घेरने वाली सुन्दर बँधनी बनाई गई थी। ईंटों के अतिरिक्त सभी चीजें काष्ठ की थीं। राजन्य और उनके वास्तुशिल्पियों ने इस कीर्ति को चिरस्थायी करने की पूरी कोशिश की। वह तो पाषाण से ही हो सकता था, पर यथा शक्ति तथा भक्ति। जब देवानांप्रिय ने अपने सारे चैत्यों (धर्मराजिका) को पाषाण का न बनवा कर ईंटों का बनवाया, तो उनके राजन्य कैसे पाषाणों द्वारा अपनी कीर्ति के अमर करने की कोशिश करते? तो भी उन्होंने यहाँ के सबसे चिरस्थायी काष्ठ का प्रयोग किया। शाल और भी मजबूत हो सकता था, पर शिल्पियों को अपना कौशल भी दिखलाना था, जो शिशपा (शीशम) पर ही हो सकता था और यहाँ वह अति सुलभ भी था। क्या शिशपा काष्ठ के इस सुन्दर चैत्य के कारण तो नगरी का उपनाम शिशपा नहीं पड़ा? चैत्य ईंटों को चौकोर वेदी पर स्थापित अर्धगोल

था, जिसके ऊपर की छोटी चौकोर वेदी पर नीचे-ऊपर तीन सुन्दर छत्र थे। छत्रों से सुन्दर झालरें लटक रही थीं। चैत्य के ऊपर की सारी चीजें काष्ठ की थीं जिन पर सुन्दर कारुकार्य किया गया था। शिल्पियों ने अपने कौशल की पराकाष्ठा परिक्रमा को घेरने वाली बँधनियों में की थी। सीधे खड़े किये खम्भों में फँसाई तीन आड़ी पट्टिकाएँ और सबके ऊपर बड़ी पट्टिका थी। इनका सिलसिला केवल चारों तोरणों के पास टूटता था। इन्हीं स्तम्भों और पट्टिकाओं को मूर्तिकार तक्षकों ने अपनी कला की भित्ति बनाया था। तोरण चार सटे स्तम्भों के ऊपर था। वहाँ तीन ईषद् वर्तुल पट्टक रखे गए थे, जो दोनों ओर स्तम्भों से बाहर की ओर निकल शंखावर्त बनाते थे। इन पट्टकों में पशुओं, मनुष्यों और पुष्प-फल-लता-वृक्षों के अतिसुन्दर प्रतिरूप उत्कीर्ण थे। स्तम्भों पर चारों ओर मुँह किये चार सिंह बैठे थे। ऊपर के भाग में एक ओर चैत्य उत्कीर्ण था और दूसरी ओर बोधि (पीपल) वृक्ष, प्रासाद या कोई और चीज। एक ही चीज को दुहराने में शिल्पियों ने अरुचि दिखलाई थी। दोनों ओर के शिखरों पर भगवान (बुद्ध) के धर्म के चिह्न चक्र और त्रिरत्न (बुद्ध, धर्म, संघ) के प्रतीक को उठाये मुँह जोड़े पूँछों की दो मछलियाँ अथवा त्रिशूल-सी प्रतिकृति थी। आड़ी पट्टिकाओं के दोनों छोरों पर बाहर की ओर पूँछ को कुंडलित किये भीतर मुँह बायें मकर बने थे—यह मकरतोरण था। तोरण के भीतर की ओर पट्टिकाओं में से एक में हाथियों, दूसरे में घोड़ों और तीसरे में वृषभों की पंक्तियाँ थीं।

बँधनी के स्तम्भों, पट्टिकाओं और शीर्ष पट्टिकाओं में भी इसी तरह कारुकार्य था। शीर्ष पट्टिका के दोनों पार्श्वों पर पुष्प और लताएँ उत्कीर्ण थीं। फलों के राजा आम का वहाँ होना जरूरी था। कटहल, बड़हल और दूसरे फल ऐसे बने थे और उन्हें ऐसे रंगों से रँगा गया था कि वे यथार्थ से मालूम होते थे। राजन्य और प्रियदर्शी के समकालीन नर-नारियों की मूर्तियाँ उत्कीर्ण थीं, साथ ही प्रधान देवताओं और देवियों को भुलाया नहीं गया था। नरवाहन वैश्रवण (कुबेर) चैत्य की ओर हाथ जोड़े विनीत मुद्रा में खड़े थे। उनके सहयोगी अन्य तीन महाराजा (धृतराष्ट्र, विरूढक, विरुपाक्ष) भी थे।

यक्षिणियाँ (देवियाँ) भी सुन्दर वेश-भूषा में भगवान के चैत्य की वंदना करती साक्षात् खड़ी मालूम होती थीं। वैश्रवण खम्भे के एक पार्श्व में चन्द्रा, अलकनंदा, अहेरियों-चूलकों की सुदर्शना, सिरिमा जैसी महायक्षिणियाँ भी थीं; चक्रवाक आदि अनेक नागराज तथा सूचिलोम, सुप्रवास, अजकालक, गांगेय आदि अनेक देशीय यक्ष भी बने हुए थे। जातकों के सुन्दर प्रतिरूप दर्शकों के हृदय में सर्वस्वत्याग की भावना भरते थे। शाक्य मुनि की चर्या को प्रदर्शित कर उनकी उपस्थिति को सिंहासन द्वारा प्रकट किया गया था। जिस समय राजन्य का चैत्य तैयार हुआ, उस समय चैत्यमह (उत्सव) में सम्मिलित होने के लिए सारे काशी-जनपद के नर-नारी टूट पड़े थे। सात दिन तक मालूम होता था, लोगों को गाने-नाचने के सिवाय कोई काम ही नहीं। संघमहास्थविर के प्रमुख शिष्य अनेक भिक्षुओं के साथ विशेष तौर से निमंत्रित किये गए थे। देवानांप्रिय ने सभी पाखंडों (धर्मों) को पूजनीय बतलाया था। राजन्य भी उसी रास्ते को मानते थे। पर, इसमें शक नहीं, शिशपा चैत्य ने तथागत के शासन को बहुतों का सम्मान-भाजन बनाने का काम किया। अफसोस था, यह भव्य कलापुंज आग से बचे, तो भी सौ एक वर्षों से अधिक नहीं ठहर सकता था। पर इस संसार में कौन-सी वस्तु चिरस्थायी रह सकती है? पत्थर भी जाड़े-गर्मी की मार में जीर्ण हो जाते हैं, लौह भी गलित हो जाता।

3

राजन्य जयंत ने भी अपने पूर्वजों का रास्ता लिया। पाटलिपुत्र में अब अशोक पौत्र दशरथ का शासन था। शिशपा के राजन्य कर्ण थे, जो देवानांप्रिय की तरह किसी तरह अपनी मर्यादा को कायम रखे हुए थे। भद्रा अब भी बड़ी रानी के नाम से ही प्रसिद्ध वृद्धा थी। उसका सारा समय भावना-उपासना में बीतता था। नगरी और राजप्रासाद इसके लिए अनुकूल नहीं थे। उसने नगरोपांत को रहने के लिए पसन्द किया, जहाँ उसके पुत्र के नाम पर कर्णहट्ट बाजार स्थापित हुआ। कर्णहट्ट में भद्रा के लिए पुष्प-फल-उद्यान के बीच में छोटा, किन्तु सुन्दर प्रासाद बनाया गया था। बड़ी रानी को लहुरी रानी कैसे छोड़

सकती थी? वह भी उसके साथ रहने लगी। बड़ी रानी की छाया—मद्र देश से साथ आई बाल-सहचरी—नहापिका (नायन) भी कर्ण-हट्ट में मौजूद थी। भद्रा रानी को कर्णहट्ट के उत्तर का ग्राम हाथखर्च के लिए मिला था जिसका नाम लोगों ने भद्रपुर (बडउर, बड़ौरा) रख दिया था। दान-पुण्य के लिए बड़ी रानी सदा से मुक्तहस्त रहीं। किसी को वे दुःखी नहीं देखना चाहती थीं। जातकों और भगवान के चरित के सुनने-पढ़ने से उन्होंने भली प्रकार जान लिया था कि अपनी शक्ति-भर अथाह दुःख- समुद्र से कुछ अँजलियाँ उलीचने की कोशिश करना जीवन का लक्ष्य है। उद्यान और तड़ाग प्राणियों के बड़े उपकारक होते हैं। वृक्षों की छाया और फल से पथकों को तृप्ति मिलती है। तड़ाग के शीतल जल से ताप और प्यास बुझती है। भद्रा का बनवाया तड़ाग उसी के नाम पर (भद्रा, भद्दा, बड्डा, बड़ी) प्रसिद्ध हुआ। लहुरी रानी ने अपनी ज्येष्ठा का अनुकरण किया। नहापिका ने एक छोटी पुष्पकरिणी अपनी स्वामिनी के तड़ाग के पास बनवाकर अपने जीवन को सार्थक बनाया।

देवपुत्र

(100 ई.पू.)

दो शताब्दियों से ऊपर हो गए थे जबकि यवन सेना ने उत्तरी भारत पर जबरदस्त आक्रमण किया था। 'साकेत' (अयोध्या) को यवन ने घेर लिया था। साकेत के आक्रमण से समय शिशपा (सिसवा) नगरी कैसे बची रह सकती थी? वह लूट-पाट से नहीं बच सकी। गृहयुद्ध और बाहरी शत्रु से होते युद्ध में अन्तर होता है। लड़ाई में बाहरी शत्रु किसी प्रकार की भी दया-मया दिखलाने के लिए तैयार नहीं होता। यवनों ने शिशपा नगरी के साथ बड़ा क्रूर बर्ताव किया। कनैला—पुराना नाम कर्णहट्ट (कर्ण बाजार) शिशपा नगरी का ही एक अंग या उपनगर था। उसे भी यवनों की क्रूरता का फल मिला था। वैसे होता, तो शायद शिशपा नगरी सँभल जाती, सँभलने की उसने कोशिश भी की, किन्तु इस आक्रमण के आधी शताब्दी बाद ही देश में केन्द्रीय शक्ति निर्बल हो गई। छोटे-छोटे राजा मनमानी करने लगे। उन पर पाटलिपुत्र अंकुश नहीं रख सकता था। शिशपा की समृद्धि उसके व्यापार और दस्तकारी से थी, जिनके लिए खंड-खंड राज्य अनुकूल नहीं थे। स्थिति दिन-पर-दिन गिरती ही गई और ईसवी सन् की पाँच-छह शताब्दियों के बीतते-बीतते वह चरम दुर्दिन को पहुँच गई।

1
(सन् 70 ई.)

—"तो सेठानी उपासिका, अब तुमने अपने पैतृक महल को छोड़ ही दिया?"—भिक्षुणी धम्मदिन्ना ने एक अपेक्षाकृत नातिस्थूल प्रौढ़ा से कहा।

—"नहीं भट्टारिका, ऐसा तो नहीं है। विशेष समय पर आ ही जाती हूँ। और यह महल कहाँ है? सारी छतें गिर गई हैं, सिर्फ दीवारें खड़ी हैं। कारुकार्य किये हुए काष्ठ, बहुत-सी शालभंजिकाएँ ईंधन हो चुकी हैं। जो टेढ़ी-मेढ़ी होकर खड़ी हैं, वह भी कितने दिनों तक रहेंगी? पूर्वजों का घर है, इसलिए जब-तब देखने के लिए आ जाती हूँ।"

—"पूर्वजों के घर के लिए ही नहीं, बल्कि पूर्वजों के इस विहार के लिए भी तुम आती हो, यह मुझे मालूम है।"

सेठानी उपासिका ने आँखों से आँसुओं को रोकने में असमर्थ होते हुए भरे गले से कहा—"आप ठीक कहती हैं। पीढ़ियाँ हो गईं, हमारे वंश के श्रेष्ठी ने इस विहार को बनवाकर भिक्षु संघ को दान दिया। जब हमारे दिन अच्छे थे, तो यह विहार कितनी अच्छी अवस्था में रहा होगा। पर, आज इस पर भी हमारे दुर्भाग्य का प्रभाव पड़े बिना नहीं रहा।"

— "तो भी विहार अभी उतनी हीन अवस्था को नहीं पहुँचा है। लेकिन, कल का किसको मालूम?"

सेठानी के ससुर-कुल के महान सार्थवाह धनदत्त ने शिशपा में एक विशाल विहार बनवाया था। किसी समय उसमें पाँच सौ से अधिक भिक्षु रहते थे। लेकिन, विहार हो या देवालय, ब्राह्मणों के गुरुकुल हों या परिव्राजकों के उपाश्रय, किसी बड़े नगर में इसलिए स्थापित होते है, क्योंकि वहाँ का जनगण उनकी सुख-सुविधा का सारा प्रबन्ध करता है। वह उनके लिए नदी के उद्‌गम जलाशय की तरह होता है। जब उद्‌गम सूख जाता है, तो नदी को भी सूखना पड़ता है। किसी समय विशाल हिमानियों के कारण हिमालय में जो नदियाँ घर्-घर् कर के बहती थीं, वह काल पाकर हिमानियों के सूख जाने पर

केवल बरसात में चन्द दिनों इतराने के लिए रह गईं हैं, नहीं तो उनमें कौवे के पीने भर का भी पानी नहीं रह जाता। शिशपा जब धन-धान्य से समृद्ध एक विशाल नगरी थी, तो आज के सिसवा, बछवल, शेखूपुर, डीहा, चकरपान, नरहता, कर्नहट (कनैला) को अपने भीतर लिए हुए दूर तक फैली हुई थी। उस समय ऐसे विहारों और उपाश्रयों को किसी चीज की कमी नहीं थी। जब नगरी श्रीहीन होने लगी, तो पक्षी जिस तरह सफल वृक्ष का सेवन करते हैं और फलों के खत्म हो जाने पर अपने आप उन्हें छोड़ जाते हैं, वेसे ही भिक्षु और परिव्राजक, कलाकार और कलाविद् दूसरा आश्रय ढूँढ़ने के लिए यहाँ से चले गए। श्रेष्ठी के बिहार में अब मुश्किल से पचास-साठ भिक्षु रह गए थे। नगरी के भीतर भिक्षुणी उपाश्रय में भी वृद्धा धम्मदिन्ना और उसकी आठ-दस शिष्याएँ रह गई थीं। ये लोग इस उजड़ी नगरी के एक कोने में क्यों अब भी पड़े थे? शायद उनके लिए जाने का इससे अधिक दूसरा अनुकूल स्थान नहीं था। शायद नगरी के आस-पास वाले गाँवों में श्रद्धालु भक्त उनको चीवर-पिंडदान देने में समर्थ थे।

सेठानी उपासिका के स्वभाव में ही नहीं, स्वरूप में भी कुछ विशेषता थी। उसकी आयु पचास से ऊपर थी, पर यदि केशों की ओर न देखा जाए, तो अभी तरुणाई ने उसको छोड़ा नहीं था। केश अधिकांश सफेद थे, जिनमें जहाँ-तहाँ सुनहले केश भी दिखाई देते थे। सोनकेशी उसका नाम यथार्थ ही पड़ा था। सुनहले केशों के साथ-साथ उसका रंग अत्यंत गौर था जो शिशपा नगरी में बहुत कम ही देखा जाता था। गोरे और काले वर्ण का भेद कम होते भी अभी काफी मौजूद था। उच्च वर्ण वाले प्राय: सभी गोरे थे और हीन वर्ण वाले काले, लेकिन इन गोरे रंग वालों से सोनकेशी का रंग बिलकुल अलग था। इसके बारे में कारण ढूँढ़ने की जरूरत नहीं। सवा दो सौ वर्ष पहले यवनों (ग्रीको) ने उत्तरी भारत पर आक्रमण कर उसके पश्चिमी—यमुना से पश्चिमी—भाग को अपने हाथ में कर लिया। हजारों नहीं, लाखों की संख्या में शासक, सैनिक या व्यापारी यवन वहाँ आकर बस गए। पंजाब से बाहर भी यवन, विशेषत: व्यापारी और कलाकार, काफी संख्या में रहने लगे थे।

उनका पृथक् व्यक्तित्व शासन के कारण था जिसके अभाव में अब वह दूसरे लोगों की तरह ही रह गए थे और भारतीय संस्कृति से प्रभावित होने में कोई रोक-थाम न रहने के कारण अब वह भारतीय जन-समुद्र में विलीन होते जा रहे थे। सोनकेशी वाराणसी के एक यवन सार्थवाह की कन्या थी। उसके कुल के बुरे दिन न आए होते, तो वह दिन-पर-दिन लक्ष्मी से वंचित होते शिशपा के सेठ की पुत्रवधू न बनती। सोनकेशी केशों के कारण कहीं जाती, नहीं तो उसका नाम सुनन्दा था। हाँ, यवन अब भारतीय संस्कृति के साथ भारतीय नाम अपना चुके थे। उनके रंग से पता लगता था कि वह अभारतीय हैं।

जैसा कि बतलाया, शिशपा नगरी में सोनकेशी का एक बहुत बड़ा महल था, जिसकी अब ईंटों की बड़ी-बड़ी दीवारें खड़ी रह गई थीं। बड़े कुल जब बिगड़ने लगते हैं, तो उनके ध्वस्त होने की गति और तीव्र हो जाती है। यदि स्वामी अपने पहले के महल में रहने का आग्रह करे। महल के साथ दास-दासियों, लग्गू-भग्गुओं की संख्या जरूरत से अधिक रखनी पड़ती है, जो बड़ी खर्चीली बात है। सोनकेशी के ससुर तक इस तरह की कुछ न कुछ गलती होती रही, लेकिन सोनकेशी के पति बुद्धदास ने काम सँभालते ही शिशपा के महल को बिलकुल छोड़ दिया। कर्णहट में उनका एक बगीचा, साधारण घर और अपने खेत (कर्मान्त) थे। बुद्धदास ने वहीं रहना शुरू किया। जब सारा संसार ध्वंसोन्मुख हो, तो एक परिवार कहाँ तक विरोधी शक्तियों का मुकाबला कर सकता है। पर, बुद्धदास की दूरदर्शिता से इतना लाभ जरूर हुआ कि उनके परिवार के लिए दानों के लाले नहीं पड़े।

दो ही वर्ष पहले बुद्धदास का देहान्त हुआ था। अपने दस वर्ष के बच्चे जिनदास को लेकर सोनकेशी घर सँभाले हुए थी। पति के मरने से पहले उसके साथ वह साल में पाँच-सात बार शिशपा में अपने पूर्वजों के विहार का दर्शन करने जाया करती। किसी अमावस्या और पूर्णमासी को वह वहाँ आए बिना नहीं रह सकती थी। विहार में आने पर जहाँ थेरी धम्मदिन्ना के उपदेशों और संवाद से उसे सन्तोष होता, वहाँ अपने पूर्वजों के खँडहर को देखकर तीव्र वेदना भी होती। दुःख और सुख का जमा-खर्च बराबर हो जाता।

बुद्धदास जैसे व्यवहार-कुशल चतुर व्यक्ति से जब कुछ नहीं हो सका, तो सोनकेशी बेचारी क्या कर सकती थी?

सोनकेशी अपने साथ अपने पुत्र जिनदास को लाना नहीं भूलती थी। वह दस वर्ष का बालक बिलकुल अबोध नहीं था। दूर तक फैले नगरी के खँडहर में जहाँ-तहाँ रहने वाले नर-नारी माता-पुत्र को देखकर बड़ा आदर प्रदर्शित करते, श्रेष्ठीपुत्र और सेठानी कह कर सम्बोधित करते। जिनदास को पहले इन शब्दों का अर्थ नहीं मालूम था। वह अपने घर और खेत में अधिक विशेषता नहीं देखता था। दूसरे भी कृषिजीवी कितने ही परिवार जहाँ-तहाँ उसी की स्थिति में थे। एक-दो दास-दासी, दो-चार कर्मकर (चाकर), जोतने के लिए कुछ बैलों की जोड़ी, दूध के लिए कुछ गायें और भैंसें दूसरों की तरह उसके पास भी थीं। पर, समय बीतने के साथ जिनदास को अपने कुल के बारे में और भी बातें मालूम हुईं। सबसे ज्यादा सोते को झकझोर कर जगाने वाले तो उसके अपने महलों के खँडहर थे। आयु के बढ़ने के साथ उसकी जिज्ञासाएँ तीव्र और बहुमुखी हुईं। सोनकेशी को उसके प्रश्नों का उत्तर देना ही पड़ता। उसने भी इन महलों के वैभव के दिनों को अपनी आँखों नहीं देखा था और बहुत-सी बातें सुनी-सुनाई ही उसके मुँह से निकलती थीं। पर, जिनदास को धीरे-धीरे यह मालूम हो गया कि किसी समय शिशपा नगरी एक विशाल और समृद्ध नगरी थी। उसका अपना वंश बड़े सार्थकवाहों का था। राजाप्रसाद की तरह दूर तक फैले उसके महलों में कभी सैकड़ों दास-दासी और नौकर-चाकर रहते, देश-देशान्तर में उसके सार्थ (कारवाँ) चलते थे। नगरों के बीच से बहने वाली मार्गिका (मंगई) की बाढ़ सचमुच ही लक्ष्मी की बाढ़ लाती थी। दो महीनों के लिए मार्गिका में नाना पण्यों से भरी विशाल नौकाएँ गंगा से सीधे आती थीं। पर, यह कुल केवल जल-सार्थवाहों का नहीं था, बल्कि स्थल का भी। वर्षा के दिनों में स्थल-सार्थ की यात्रा में रुकावट हो जाती, लेकिन इसी समय जल-सार्थ का मार्ग खुल जाता। माता और दूसरे लोगों से सुनी बातों के आधार पर जिनदास कितनी ही बाल-कल्पनाएँ करता जो कर्णहट से उसे दूर खींचना चाहतीं। पर, उसका शरीर तो उस भूमि से बँधा हुआ था।

सेठानी ने अपने पुत्र की शिक्षा-दीक्षा में कोई कसर नहीं उठा रक्खी थी। एक समृद्ध किसान के लिए अनुपयुक्त शिक्षा भी जिनदास को मिली थी। वर्ष बीतते गए, वह अपने ज्ञान को पुस्तकों तक ही सीमित रखने में असमर्थ था। उसके ननिहाल—वाराणसी—की अवस्था भी बिगड़ी थी, पर उतनी नहीं जितनी शिशपा की। वहाँ जाने पर उसे और भी बातें जानने का मौका मिलता। बड़े सार्थवाह किसे कहते हैं, इसे वह वहाँ अपनी आँखों से देख सकता था। बड़े विहार किसे कहते हैं, इसे ऋषिपतन मृगदाव (सारनाथ) में जाकर साक्षात् कर सकता था।

2
(सन् 85 ई.)

शिशपा के दूर तक फैले खँडहरों में कुछ को जहाँ-तहाँ मरम्मत करके आदमियों के रहने लायक बना दिया था। आज वहाँ विशेष आकार और वेश-भूषा के सैकड़ों पुरुष दिखलाई पड़ते थे। इनको दाढ़ी का बहुत शौक था। दाढ़ियों का रंग वही था, जो सोनकेशी के केशों का जवानी के समय रहा होगा। वैसे भी, यह लोग अधिक लम्बे-चौड़े थे। दाढ़ियों ने उनको दैत्याकार बना दिया था। उनके पैरों में धोती नहीं, पायजामा थे। अँगरखा वैसे भी यहाँ के साधारण लोगों के लिए शौकीनी की चीज थी और जाड़े में ही उसका इस्तेमाल होता था। पर, यह दढ़ियल पुरुष प्राय: एड़ी से गर्दन तक पहुँचते लबादे पहने थे। उनकी कमर में कई फेरे का कमरबन्द बँधा था। चोगा (लबादा) और पायजामा इनकी विशेषता के लिए पर्याप्त थे, पर इससे भी अधिक उनका जूता खास तौर से अपनी ओर दर्शक को आकर्षित करता था, जो जाँघ के पास तक पहुँचता था। कैसे उसमें वह अपना पैर डालते थे, यह कितनों को समझ में नहीं आता था। कुछ समझते थे कि चमड़े का इतना अपव्यय क्यों करते हैं? इस देश में वह अपव्यय जरूर था, लेकिन देखने वालों को क्या मालूम था कि वह जिस देश से आए हैं, वहाँ साल में छह महीने असह्य सर्दी पड़ती है, महीनों जमीन बर्फ से ढकी रहती है। वहाँ यदि ऐसा जूता न पहना जाए,

तो पैर ही सुन्न होकर लकड़ी सुन्न होकर लकड़ी हो जाएँ। स्त्री-पुरुष दोनों के सिर पर पगड़ी नहीं, बल्कि नुकीली टोपी थी। पोशाक स्त्री-पुरुष दोनों के लिए समान थी। जाड़े के दिनों में शिशपा के गोरे बालकों के गाल लाल हो जाते थे। पर, इनमें स्त्री हो या पुरुष, बाल हों या तरुण, सभी के गाल सदा अरुण दिखाई देते थे।

हाँ, शिशपा में आजकल कई सौ शक रह रहे थे। यवन भी भारत की धन-सम्पत्ति से आकृष्ट होकर आए थे। वाल्हीक और कम्बोज (मध्य-एशिया) में उनके राज्य को खत्म करके मानों उनका ही पीछा करते शक भारत में पहुँचे। कितने ही समय तक यवनों की तरह लूट-पाट करना ही उनका भी लक्ष्य था, पर अब उनका राजा देवपुत्र कनिष्क था, जिसने अशोक कथाएँ सुनी थीं, अशोक की तरह ही बुद्ध की शिक्षाओं से प्रभावित हुआ था और उसी धर्मराजा के पदचिह्नों पर चलना चाहता था। लड़ाई में वह दुर्धर्ष सेनप था, पर साथ ही शासन में भी वह उतनी ही योग्यता रखता था। बौद्ध धर्म ने उसके हृदय को सहानुभूति से भर दिया था और भारतीय संस्कृति के भीतर पला होने से यहाँ के लोगों के प्रति वह विशेष सम्मान रखता था। शताब्दियों तक शिशपा जैसे कितने ही और समृद्ध नगर नष्ट होते चले गए। देवपुत्र ने देखा, इन ध्वंसावशेषों को पुरुज्जीवित किये बिना देश की सुख-समृद्धि बढ़ाई नहीं जा सकती। लड़ाई का काम—जहाँ तक शिशपा वाले मध्यदेश का सम्बन्ध था—देव-पुत्र के पूर्वाधिकारी बीम कदफिस के समय ही समाप्त हो चुका था। देवपुत्र कनिष्क को यहाँ अधिक लड़ाइयाँ लड़ने की आवश्यकता नहीं पड़ी, लेकिन दरिद्रता से लड़ाई लेना छोटा काम नहीं था। देवपुत्र के पूर्वी क्षत्रप (उपराज) ने मिथ्रदात को शिशपा नगरी पर शासन करने के लिए ही नहीं भेजा, बल्कि देवपुत्र का राजादेश सुनाते हुए कहा था : "तुम्हारी योग्यता का प्रमाण यही होगा कि शिशपा नगरी के खँडहरों को तुम कितनी जल्दी आबाद कर देते हो।"

मिथ्रदात शक नहीं, पल्हव (पार्थियन) था। लेकिन, जहाँ तक यहाँ के लोगों का सम्बन्ध था, वह शकों और पल्हवों में कोई अन्तर नहीं पाते थे। दोनों का रूप-रंग और दोनों की वेश-भूषा उन्हें एक-सी ही मालूम होती थी।

मिथ्रदात के पूर्वज कई पीढ़ी पहले अपनी मूल भूमि (ईरान) छोड़ के तक्षशिला में आ बसे, उसका कुल अब अग्नि-पूजक नहीं, बुद्धपूजक था। उसका ध्यान शिशपा के बौद्ध-विहारों की ओर भी खिंचा, पर वह जानता था, मुख्य काम है—इस मृत पुरी को जीवन-दान देना। उसके साथ सौ से ऊपर शक और उससे भी अधिक गंधार के सैनिक थे। उसने—शिल्पियों, राजों, बढ़इयों और दूसरों की—काफी बड़ी सेना जमा की थी। नगरी को आबाद करने के लिए वह जी-जान से तुला हुआ था। वह जानता था, यह काम व्यापारी और शिल्पकार ही कर सकते हैं। नगरी का परिदर्शन करते सेठ के महलों के खँडहर मिथ्रदात ने देखा। लोगों ने बतलाया कि इस सार्थवाह-कुल का उत्तराधिकारी अब भी पास में खेती करके अपना गुजारा करता है। मिथ्रदात ने जिनदास को बुलाया। तरुण को पहले तो डर लगा—न जाने क्यों मुझे बुलाया। माँ बेचारी का वही एकमात्र आधार था, वह भी देवताओं को मनाने लगी। नुकीली टोपी वाले शक सवार भाषा नहीं बोल पाते थे, लेकिन अपने व्यवहार से बतला रहे थे कि डरने की कोई बात नहीं है। सचमुच ही डरने की कोई बात नहीं थी। मिथ्रदात ने खड़े होकर तरुण का स्वागत किया और हाथ पकड़कर अपने साथ आसन पर बैठाया। जिनदास को कुछ समझ में नहीं आया।

—"श्रेष्ठी-पुत्र, जानते हो, मैंने क्यों तुम्हें तकलीफ दी? मैं शिशपा के वैभव को लौटाने में तुम्हारी सहायता चाहता हूँ।"

जिनदास के दिल का भय निकल गया, लेकिन प्रश्न का क्या जवाब दे, यह समझ में नहीं आ रहा था। उसने इतना ही कहा—"मुझमें क्या शक्ति है? थोड़ी सी खेती है, उसी पर गुजारा करता हूँ।"

—"सो मैंने सुन लिया है, पर तुम्हारे पूर्वजों के महल खँडहर के रूप में अब भी यहाँ खड़े हैं। नगरों को फिर से भव्य रूप में खड़ा करना तुम्हारे खँडहरों की कायापलट के साथ ही होगा। तुम अपने को अकिंचन मत समझो। देवपुत्र का वरद हस्त तुम्हारे सिर पर है। यद्यपि तुमने सार्थवाह का जीवन नहीं देखा है, पर तुम्हारे शरीर में सार्थवाहों का रक्त है। उसका कुछ ज्ञान तुम्हें जरूर होगा?"

जिनदास की आँखें चमक उठीं। उसकी उमर 25 साल की थी। अपने ननिहाल में जाने पर वह कितने ही स्वप्न देखता : "मैं भी क्यों न पूर्वजों की तरह छोटा-मोटा सार्थ संगठित करूँ। वाराणसी, कौशाम्बी, मथुरा ही क्यों, तक्षशिला तक का चक्कर लगाऊँ। व्यापार में लक्ष्मी का वास होता है।" पर, दूसरे ही क्षण उसको ख्याल आता, इसके लिए मूलधन की आवश्यकता है। मुझे सौ-पचास आदमियों या बैलगाड़ियों को जमा करने के लिए धन कहाँ से मिलेगा? अनुभव नहीं था, तो भी उसे अपने पर पूरा विश्वास था कि यदि वह बाधा दूर हो जाए, तो मैं जरूर कुछ कर सकूँगा। उसे यह कभी ख्याल नहीं हुआ था कि पूर्वजों की नगरी में रहते ऐसी सुविधा प्राप्त करने का सौभाग्य मिलेगा। उसने अपने हृदय के आवेग पर अंकुश रखते हुए बड़ी नम्रता से कहा—

"मैं भी इस पर कितनी ही बार सोचता रहा हूँ। मेरा ननिहाल वाराणसी में है। जहाँ मैंने देखा कि मेरे पूर्वज शिशपा में क्या करते रहे होंगे। पर, सार्थ-संचालन और वाणिज्य में धन की आवश्यकता होगी जो मेरे पास नहीं है।"

मिथ्रदात उसके बाप की उमर का था। उसने तरुण के सिर पर हाथ फेरते बड़े स्नेह से कहा—"धन की चिन्ता बिलकुल मत करो। जानते हो ना, इस देश में चाँदी और ताँबे की मुद्राएँ चलती रहीं। देवपुत्र ने अब लाखों की सुवर्ण मुद्राएँ चला दी हैं। जितने धन की आवश्यकता हो, हमसे लो और जब तक कार-बार अच्छी तरह चल न पड़े, तब तक उसे लौटाने की आवश्यकता नहीं, और न सूद देने की ही। आज से तुम शिशपापुर के महाश्रेष्ठी हो।"

जिनदास जब सैनिकों के साथ घर से चला था, उस समय वह समझता था, मुझे सूली पर चढ़ाने के लिए ले जा रहे हैं। सचमुच ही यह सूली से उतार कर हाथी के कन्धे पर बैठाना था। कृतज्ञता प्रकट करने के लिए उसके पास कोई शब्द नहीं था। मिथ्रदात जानता था कि तरुण के दिमाग में कैसे भाव पैदा हो रहे हैं। उसने उसे कहने का अवसर न दे स्वयं कहा—

"देवपुत्र के महाक्षत्रप ने मुझे शिशपा को पुनरुज्जीवित करने का भारी भार दिया है, उसमें तुम्हें मेरी सहायता करनी है। महाश्रेष्ठी की पदवी उन्हीं

की ओर से मैं दे रहा हूँ। आओ, हम दोनों मिलकर इस बड़े भार को उठा शिशपा के भाग्य को लौटाने की कोशिश करें। मुझे पूरा विश्वास है, यदि तुम्हारी सहायता मिली, तो यह काम दुष्कर नहीं होगा।"

जिनदास ने अपने भावों को असम्बद्ध वाक्यों में छिपाते हुए कहा—

"मैं आप का दास हूँ। सब तरह से सेवा के लिए तैयार हूँ। अनुभव चाहे न हो, पर आलस्य और प्रमाद मेरे में नहीं है। आपका और देवपुत्र का वरद हस्त पाने पर मुझे सफलता की पूरी आशा है।"

मिथ्रदात ने पहले-पहल जिनदास को देखा था। उसके केशों और शरीर के वर्ण को देखकर मालूम हो रहा था, वह कोई शक या पल्हव-सन्तान है। पर, पोशाक और भाषा वैसा मानने में बाधक थीं। अपनी-सी आकृति के कारण उसके साथ और भी आत्मीयता मालूम हो रही थी। यह जानने में बहुत देर नहीं कि वह एक यवन व्यापारी का नाती है।

उस दिन शाम के भोजन के लिए जिनदास को शक सेनानायक के पास रह जाना पड़ा। वह जानता था, जननी कितनी चिन्तित होगी। इसलिए साथ आए दास से सन्देश भेज दिया : "मैं आज से महाश्रेष्ठी नियुक्त किया गया हूँ।"

रात्रि को भोज हुआ जिसमें शक महासेनप और उसके कितने ही सेनानायक अपनी पत्नियाँ सहित सम्मिलित हुए। उस समय उन्हीं की तरह भारत की स्त्रियों में पर्दा नहीं था। स्त्री-पुरुषों की पोशाक में बहुत कम अन्तर था। दोनों सिर में एक ही तरह की पगड़ी बाँधते थे, जिसका रवाज कम जरूर होता जा रहा था। पर, जिस तरह निस्संकोच भाव से स्त्री-पुरुषों का सम्मिश्रण शकों में देखा जाता था, उसका भारतीयों में कोई पता नहीं था। मिथ्रदात ने अपने अधिकारियों और उनकी पत्नियों से परिचय कराते अपनी तरुण कन्या रोचना और उसकी विमाता से भी महाश्रेष्ठी का परिचय कराया। उस समय गोमांस अभक्ष्य नहीं हुआ था, पर भारतीय, खास कर अच्छी स्थिति के लोग, उसका बहुत कम व्यवहार करते थे। शकों-पल्हवों को इस भोजन में विशेष आनन्द आता था। भोजन से पहले मदिरा की सुराहियाँ और चषक आए।

कपिशा की मदिरा कभी जिनदास के पूर्वजों के लिए दुर्लभ वस्तु नहीं रही होगी, पर उसने उसका नाम भी नहीं सुना था। मिथ्रदात ने चषक में अपने हाथ से मदिरा उड़ेलते हुए कहा—"यह कपिशा की प्रसिद्ध मदिरा है। द्राक्षा और जगह भी होती है, लेकिन कपिश की द्राक्षा से उसका मुकाबला नहीं हो सकता। कपिशा हमारे देवपुत्र के राज्य के मध्य में है।" अरुण मदिरा ने जिनदास की आँखों को भी आरक्त कर दिया। उसने अपने मन और वाणी पर संयम को नहीं खोया, पर तो भी अब उसका संकोच हट गया था। उसने कितनी ही बातें पूछीं और कितनी ही बतलाईं। मिथ्रदात ने देवपुत्र के राज्य का जो विस्तार बतलाया, उसे पूरी तरह समझना जिनदास के लिए सम्भव नहीं था। वाल्हीक-कम्बोज से भी और पश्चिम महीने के रास्ते तक देवपुत्र का राज्य फैला हुआ है, इसका अन्दाज वह कैसे लगा सकता था? रोचना अपने पिता के तरुण अतिथि के प्रति अधिक आदर दिखलाते हुए बार-बार उसके चषक को भराना चाहती थी, पर जिनदास हर आग्रह पर एक बूँद से अधिक गले से नीचे उतारने के लिए तैयार नहीं था। इसी कारण दूसरे मेहमानों की तरह वह अपनी अकल नहीं खो सका।

शक सेनप का आग्रह था, जिनदास आज यहीं तम्बू में रात बिताएँ। पर, जिनदास को जो प्रसन्नता प्राप्त हुई थी, वह उसके हृदय के भीतर एक बवंडर उठाएँ हुए थी। उसने उसी रात आज की खुशखबरी अपनी माँ को सुनानी चाही।

चार शक सवार साथ ले वह कर्नहट की ओर चला। खँडहरों में एक अत्यन्त डरावनी नीरवता छाई हुई थी। जिन घरों में कभी सैकड़ों प्रदीप जलते रहते थे, जो निशीथ के शब्द-शून्य वातावरण में भी जीवन की छटा फैलाते थे, आज वह चाँदनी में अनेक दैत्यों से दिखलाई पड़ते थे। आदमियों के निवासों को गीदड़ों ने सँभाला था, कभी-कभी बाघ और भेड़िये भी वहाँ रैन-बसेरा लेते थे। जिनदास सोती नहीं, बल्कि भावी समृद्धि नगरी के बारे में सोचता घर लौट रहा था। उसे कुछ-कुछ विश्वास होने लगा था, "मृत शिशपा जरूर सजीव होकर उठेगी। मूलधन के अभाव के हट जाने पर मैं अपने पूर्वजों के

महलों को थोड़े ही दिन में फिर से आबाद कर सकूँगा। कर्नहट छोड़ माँ को लेकर मुझे फिर यहीं आना है।" अभी तक उसकी कल्पनाएँ निराधार होती थीं, लेकिन अब उनके लिए ठोस आधार प्राप्त हो गया था, इसलिए वह हरेक बात पर फिर से नजर दौड़ा रहा था।

कर्नहट में मौर्यों के समय की पोखरी (बड़ी) के किनारे ही उसका घर था। चहारदीवारी के फाटक पर पहुँचते ही कुत्तों ने स्वागत किया। जाते समय वह पैदल गया था और अब चार सवारों के साथ स्वयं घोड़ों पर चढ़कर आया था। कुत्ते बेचारों को क्या मालूम था कि उनके मालिक का भाग्य पलटा है। बुढ़िया को यद्यपि अनिष्ट की चिन्ता नहीं थी, लेकिन पुत्र को देखने के लिए मन में जो अधीरता आई थी, उसके कारण नींद कहाँ से आ सकती थी? जिनदास के कंठ-स्वर को सुनते ही कुत्ते चुप हो गए। दासी ने आकर दरवाजा खोल दिया। माँ देहली से आगे बढ़ रही थी कि पुत्र ने आकर उसके पैरों को छुआ। सोनकेशी ने उसके सिर को अपनी गोद में लेकर बार-बार चूमा। शक सवारों को विदा कर माँ-बेटे घर के भीतर गए।

माँ एक-एक बात को सुनना चाहती थी। पुत्र के हृदय को खोलने में कपिशा की मदिरा ने भी सहायता की। उसने हरेक बात को एक-एक करके बतलाया, लेकिन बात का अन्त यहीं नहीं हुआ। आगे के काम के बारे में उन्हें बहुत-सी बातें सोचनी थी। सोनकेशी के पिता छोटे-मोटे व्यापारी थे, इसलिए उसे व्यापार का ज्ञान कुछ अधिक था। उसने अपने पुत्र को सजग करते हुए कहा—

"बेटा, धन को खँडहरों को आबाद करने में नहीं लगाना चाहिए। उन दीवालों पर कुछ लकड़ी-खपड़ैल की छतें रखकर हम काम चलाएँगे। पहले सारा धन और ध्यान वाणिज्य के काम में लगाना होगा। तुम्हारे ऊपर देवपुत्र की ओर से जो विश्वास रक्खा गया है, तुम्हें उसका पात्र सिद्ध करना होगा।" शायद उनकी बात अब भी खत्म न हुई होती यदि पूर्व की ओर की खिड़की से क्षितिज की लाली दिखाई न देती और साथ ही पक्षी कलरव न करने लगते।

3
(सन् 100 ई.)

महाश्रेष्ठी जिनदास अब 40 वर्ष के प्रौढ़ पुरुष थे। वृद्धा माँ का स्नेह और सलाह उनको सदा प्राप्त थी। महाश्रेष्ठी बनने के बाद के 15 वर्षों में शिशपा नगरी की कैसे कायापलट हुई, इसे श्रेष्ठी के घर को देखने ही से मालूम हो जाएगा। अब उन खँडहरों की जगह भव्य प्रासाद खड़ा था। जो दीवालें निर्बल थीं—और अधिकांश ऐसी ही थीं—उन्हें गिरा कर नई दीवालें खड़ी कर दी गईं। सारा महल नई नींव और नई दीवाल पर खड़ा था। दर्जनों आँगनों के चारों ओर तिमंजिला-चौमंजिला इमारतें खड़ी थीं। निवास-कक्ष अलग था, लेखा-हिसाब और कार्यालय के अलग कक्ष थे। महार्घ पण्यों के रखने के लिए विशाल हवेलियाँ थीं। घोड़ों, बैलों के लिए अलग शालाएँ थीं। दास-कर्मकरों की जहाँ पलटन हों, वहाँ उनके लिए घरों की व्यवस्था जरूरी थी। सचमुच श्रेष्ठी जिनदास ने अपने को देवपुत्र के विश्वास का पात्र सिद्ध किया। देवपुत्र का सोना धरा ही रह जाता। यदि उसके उपयोग के लिए जिनदास जैसा निपुण पुरुष न मिला होता। जिनदास महाश्रेष्ठी थे। उन्होंने शिशपा में बहुत से श्रेष्ठी आबाद किये। पण्यशालाओं की पंक्तियाँ दूर तक चली गई थीं। शिल्पकारों की अनेक वीथियाँ मार्गिका के दोनों तरफ थीं। कोई भी चीज प्रस्तुत होने पर उसे महाश्रेष्ठी तुरन्त खरीदने के लिए तैयार थे, इसलिए शिशपा में नये शिल्पियों और कर्मियों की आवश्यकता बराबर ही बढ़ती गई और जगह-जगह से लोग वहाँ आकर आबाद होने लगे। बहुतों ने अपने भूले हुए पैतृक शिल्प को फिर से सीखा, बहुतों ने नये तौर से उनको अपनी जीविका का साधन बनाया। शिशपा अपनी पुरानी सीमा के भीतर अब नहीं समा रही थी। उसके मकान, सड़कें और वीथियाँ बढ़ती चली जा रही थीं। नदी-सार्थ और स्थल-सार्थ फिर जोर-शोर से चलने लगे। देवपुत्र के शासन में किसी को लोभ की ओर आकर्षण नहीं हो सकता था, क्योंकि उसके लिए दंड कठोर था जिससे बचने की संभावना नहीं थी।

जिनदास ने जिन नगरों और स्थानों का पहले नाम भर सुना था, वह वहाँ स्वयं गए। मथुरा के महाक्षत्रप ने उनका बहुत सम्मान किया। उसके परिचय-पत्र के साथ तक्षशिला के क्षत्रप से मिलने पर उसने भी महाश्रेष्ठी के काम में हर तरह की सहायता की। कपिशा के द्राक्षा-उद्यानों में एक गर्मी महाश्रेष्ठी की बीती। वहाँ के विहारों में दान देने से जहाँ काशी के महाश्रेष्ठी की ख्याति फैली, वहाँ उन्होंने कपिशा की द्राक्षा गुच्छों से तोड़कर खाया, उनसे बनी मदिरा का आस्वाद लिया। उस यात्रा में उनकी पत्नी रोचना भी साथ थी। रोचना के प्रथम परिचय के बारे में हम बतला चुके हैं। मिथ्रदात को इस परिचय को प्रेम के रूप में परिणत होने पर कोई आपत्ति नहीं थी। महाश्रेष्ठी को उसने अपने हाथों बनाया था, इससे उनके प्रति उसका पुत्रवत स्नेह हो गया था। उन्हें वह बराबर आगे बढ़ता देखना चाहता था और सहायता करने में कोई बात उठा नहीं रखता था। श्रेष्ठी तरुण, सुन्दर, चतुर और विद्वान् था। साथ ही उसके स्वभाव में एक तरह की गम्भीरता थी, जिसने मिथ्रदात को जल्दी ही अपनी ओर खींच लिया। रोचना कितनी ही बार श्रेष्ठी के घर जाती। सोनकेशी उसे अपने पुत्र से भी अधिक प्यार करती। मातृ-स्नेह से वंचिता होने के कारण रोचना के लिए सोनकेशी का यह अकृत्रिम प्रेम बहुत मूल्यवान जँचा। तरुण-तरुणी प्रणय सूत्र में पहले बद्ध हो गए, फिर मिथ्रदात ने उन्हें परिणय सूत्र में भी बद्ध कर दिया। मिथ्रदात दस वर्ष तक शिशपा का शासक-सेनप रहा। यहीं उसका देहान्त हुआ। उस समय तक महाश्रेष्ठी के साथ मिलकर वह नगरी को पुनरुज्जीवित करने में सफल हो चुका था।

सब लक्ष्मी की माया है। लक्ष्मी की पूरी कृपा अब शिशपा के ऊपर थी। विम और कनिष्क ने सोने के सिक्के (दीनार) भारत में पहले-पहल चलाए, यह बतला आए हैं। (शिशपा में आज भी देवपुत्र कनिष्क के सिक्के हर साल मिल जाते हैं। सम्भव है, कभी स्वर्ण दीनार भी मिलें हों और आगे मिलेंगे।) नई शिशपा नगरी में सुवर्णकारों की बड़ी माँग थी। उनकी एक वीथी मार्गिका के दाहिने तट पर दूर तक चली गई थी।

शिशपा अपने पिछले दिनों को भूल गई। उसके ध्वंसोन्मुख विहार और देवालय फिर से जीवित हो गए। देवपुत्र बौद्ध सर्वास्तिवाद सम्प्रदाय के अनुयायी थे, लेकिन जिन अशोक के पदचिह्नों पर उन्होंने चलना चाहा था, वह सभी धर्मों और सम्प्रदायों को एकसमान श्रद्धा से देखते थे। इसीलिए देवपुत्र भी धर्म में बहुत उदार थे। उन्होंने अपनी मुद्राओं पर जहाँ बुद्ध की प्रतिमा अंकित कराई, वहाँ शिव, अग्नि, वायु आदि की मूर्तियों को भी स्थान दिया। शिशपा में बौद्ध-विहार ही अब विद्या और कला का अनवरत दान नहीं दे रहे थे, बल्कि विद्वान् ब्राह्मणों के पास सैकड़ों की संख्या में छात्र पढ़ते थे, जिनके भोजन आदि में राज्य भी सहायता देता था। विद्याचरण-सम्पन्न भिक्षुओं और निर्ग्रन्थ साधुओं का जिस तरह सम्मान किया जाता था, उसी तरह विद्वान् ब्राह्मण भी पूजित थे। उनके लिए देवपुत्र न विदेशी थे, न विधर्मी। सभी ऐसे धर्मराजा के चिरंजीव होने की दिल से कामना करते थे।

यह न समझना चाहिए कि पुनरुज्जीवित शिशपा नगरी अब स्वर्ग बन गई थी। उसमें केवल सुख ही सुख दीखता था, दुःख का कहीं लेश नहीं था। आदमी सुख के भौतिक साधनों से सम्पन्न हो, तब भी आधि और व्याधि की संभावना तो नष्ट नहीं होती। फिर यह वह समय था जबकि मानवता का पंचमांश दास-दासियों का था। जिन्हें आकार की समानता से ही मनुष्य कहा जाता था, नहीं तो उनमें और पशु में बहुत अन्तर में नहीं था। पशुओं की तरह ही इन अभागे नर-नारियों, बाल-तरुणों को हाटबाजार या घर में बेचा जाता था। स्वामी खाना- कपड़ा और दवाई का प्रबन्ध करने के लिए इसलिए भी मजबूर थे कि दास-दासी के रूप में उनकी सम्पत्ति खड़ी थी जिसके नष्ट होने का उन्हें डर रहता था। रोचना और जिनदास के घर में सैकड़ों दास-दासियाँ थे। वह दयालु स्वामी हो सकते थे, पर अपनी सम्पत्ति को नष्ट नहीं कर सकते थे। वह अपने दासों को चाहे वैसा कठोर दंड न दें, किन्तु यही बात शिशपा के सभी दास-दासियों के भाग्य में नहीं थी।

शिशपा की समृद्धि में नगरी के पंचमांश इन दासों का हाथ कम नहीं था।

काली दासी महाश्रेष्ठी कुलदासी थी। वह सोनकेशी की आयु की थी। स्वामिनी के स्वभाव या अपनी कर्त्तव्य परायणता के कारण घर में उसका बहुत आदर था। उसने श्रेष्ठी के वैभवहीन परिवार को देखा था। साथ ही सुना था कि यह कुल पहले अत्यन्त वैभव-सम्पन्न था। उसे गर्व था कि मेरी कितनी ही पीढ़ियाँ इस कुल की सेवा करती आई हैं। सोनकेशी ने काली पर सदा से विशेष ख्याल रक्खा। समृद्धि के दिनों में, जबकि घर सोने-चाँदी, मोती- जवाहर से भर गया, तो काली की ओर विशेष ध्यान जाना ही था। काली के काले शरीर को सोने के आभूषणों से उसने पीला कर दिया था। एक दिन भावोद्रेक में होकर उसने कहा—

"काली, मैं तुझे अदासी करना चाहती हूँ।"

काली ने अपने स्वभाव के अनुसार हल्के दिल से समझते कहा— "अर्थात् इस घर से स्वामिनी मुझे भगाना चाहती हैं?"

—"नहीं, यह घर तेरा है। यह बहू तेरी बहू है और यह बेटा तेरा बेटा है।"

सचमुच काली का स्नेह बचपन से ही जिनदास के प्रति उसकी माँ से कम नहीं था। जीवन में एक ही सन्तान उसे प्राप्त हुई थी जिसे बुद्धदास का बतलाया जाता था। पर, वह बच्चा मरने के लिए ही पैदा हुआ था। हाँ, उसके जन्म के कारण रुग्ण माँ के दूध से वंचित जिनदास को भूखा रहने की जरूरत नहीं पड़ी। काली इसीलिए सोनकेशी से भी अधिक जिनदास के वास्ते प्राण देने के लिए तैयार थी। वह जानती थी, इस घर से उसे कोई नहीं निकाल सकता। अदासी होने का वह क्या अर्थ लेती? अब वह बूढ़ी होने के कारण काम करने में समर्थ नहीं थी; लेकिन, इससे पहले भी उसे काम करने के लिए मजबूर नहीं किया जाता था। वह सारे श्रेष्ठी-परिवार पर शासन करती थी। रोचना के लिए वह सास—जैसी थी। रोचना के दोनों पुत्र-पुत्रियों की वह दादी थी।

सोनकेशी ने अदासी करने की बात काली से यों ही कही थी। वह समय-समय पर उसे बहुत कुछ इनाम देती। काली को अपने खर्च के लिए

किसी चीज की आवश्यकता नहीं थी। वह अपनी स्वामिनी की तरह ही हर पूर्णिमा और अमावस्या को उपोसथ व्रत रखती, विहार में दर्शन-पूजा के लिए जाती। स्वामिनी को कर्नहट का अपना बगीचा बहुत पसन्द था। काली की तरह उसका विश्वास था कि श्रेष्ठि-कुल के भाग्य पलटने में कर्नहट के उद्यान का विशेष हाथ था। महाश्रेष्ठी को यहीं जन्म लेने का सौभाग्य प्राप्त हुआ, यहीं से उस दिन शक सवार ले गए। सामने की पुष्करिणी को देखकर स्वामिनी को कितनी पुरानी कथाएँ याद आतीं। रोचना भी कितनी ही बार अपनी सास के पास जाकर रहती। बच्चे तो अक्सर दादी के पास ही रहते। पृथ्वी कैसे - कैसे लोगों को देती और अपनी गोद में विलीन कर लेती है। नये लोग आते-जाते रहते हैं। समय पाकर पहले के लोग बालू पर के पदचिह्न की तरह स्मृति से भी सदा के लिए विलीन हो जाते हैं।

बालू के पदचिह्न की तरह मिटना हरेक के लिए स्वाभाविक है। पर, आदमी अपने उस चिह्न को स्थायी करने की बराबर कोशिश करता है, चाहे इसमें उसे असफलता का ही सामना करना पड़े। सोनकेशी साठ साल से ऊपर की हो गई थी। आयु के कारण उसे वृद्धा कहा जा सकता था, लेकिन स्वास्थ्य और शरीर में वह वृद्धा नहीं थी। उसका अधिक समय पूजा-पाठ में बीतता था। अब धम्मदिन्ना की जगह भिक्षुणी संघमित्रा उसको उपदेश देने का काम करतीं। वह प्राय: रोज ही वृद्ध उपासिका के पास उपदेश देने या कोई सूत्र सुनाने के लिए आतीं। किसी को, और न उपासिका को ही आशंका थी। एक दिन रात को सोने के बाद सवेरे लोगों ने देखा कि वह सदा के लिए सो गई। सब लोग कहने लगे—"सेठानी ने न किसी को कष्ट दिया, न अपने कष्ट सहा। धर्म-भक्ति की महिमा अपार है।"

काली जब से सेठानी के घर में आई थी, उसकी छाया की तरह रही थी। वह लोगों की तरह शान्त मन से इस घटना को बर्दाश्त नहीं कर सकती थी। उसके लिए अब सारी दुनिया सूनी हो गई थी। महाश्रेष्ठी ने बहुत समझाया—"काली माँ, मैं तेरा पुत्र मौजूद हूँ। माँ के प्रेम से वंचित मेरा अवलम्ब तू है।"

काली जानती थी, महाश्रेष्ठी बनावटी बात नहीं कर रहे हैं। वह उसके प्रति अत्यन्त स्नेह रखती थी, लेकिन माता के साथ उसका कहीं अधिक स्नेह था, इसका पता उसे इस वक्त लगा। वह यंत्रवत् अपनी पाठ-पूजा में रत रहती, बच्चों का लाड़-प्यार करती; पर हर वक्त उसका मन अपनी स्वामिनी की ओर लगा रहता। वह यही अनुभव थी कि स्वामिनी को परलोक में मेरा वियोग सह्य न होता होगा। मुझे भी उनके पास जल्दी जाना चाहिए। उसने स्वामिनी से मिले पैसों को यों ही सुवर्णदीनार के रूप में जमा किया था। इसका क्या उपयोग होगा, इसके बारे में उसने कभी नहीं सोचा था। पुत्र ने माता की पुण्य-स्मृति के रूप में विहार में एक प्रतिमा-गृह बनवाया। (बुद्ध की प्रतिमाएँ कनिष्क के समय से पहले कभी नहीं बनी थी)। महाश्रेष्ठी ने मथुरा से लाल पत्थर की पुरुष-प्रमाण तथागत की खड़ी प्रतिमा बनवाकर मँगाई थी, जिसका दान उसने माता के नाम पर करना चाहा। काली ने संकोच के साथ एक दिन पुत्र-निर्विशेष श्रेष्ठी से कहा—"दान देती माता की मूर्ति बनवाने का व्यय मैं दूँगी।" श्रेष्ठी को पैसों की क्या कमी थी, पर काली के मन का ख्याल करके उसने स्वीकार कर लिया। मूर्ति के पादपीठ में हाथ जोड़कर बैठी माँ की प्रतिमा के पीछे उसने काली की प्रतिमा भी बनवा दी।

कलाकार

(430 ई.)

200 ई. तक उत्तरी भारत में जमुना से पूर्व शकों का राज खत्म हो गया, पर पंजाब अब भी उन्हीं के हाथ में था। जगह-जगह सामन्त स्वतंत्र परमभट्टारक बन गए। शिशपा नगरी (और उसके उपनगर कर्नहट) के प्रतिद्वंद्वी अनेक नगर खड़े हो गए थे। मंगई (मार्गिका) के किनारे शिशपा से नीचे कई और पत्तन स्थापित थे, जो शिशपा के वाणिज्य में हिस्सा बँटाते थे। इस सारे समय में कोई विदेशी आक्रमण नहीं हुआ। इसके बाद भी सिर्फ एक बार श्वेत हूणों की बाढ़ का थोड़ा-सा प्रभाव पड़ा था, नहीं तो बारहवीं सदी के अन्त में तुर्कों के भयंकर प्रहार के समय तक शिशपा को भारी मुसीबत झेलनी नहीं पड़ी, लेकिन उसके शिल्प और व्यवसाय को धक्का जरूर लगा। देवपुत्र के समय बौद्ध धर्म को भारी सहायता मिली थी। उस समय भी ब्राह्मणों के अनेक सम्प्रदाय थे, लेकिन वैदिक यज्ञ-याग और कर्म-कांड की प्रधानता थी। अब उनमें से पाशुपत (शैव) और वैष्णव सम्प्रदाय आगे बढ़े थे। गुप्त सम्राट् अपने को वैष्णव कहने में गर्व का अनुभव करते थे। पर, पाशुपत धर्म, उसकी कला और उदार विचारों ने जनगण को अपनी ओर अधिक आकृष्ट किया था। शिशपा के नागरिकों में पाशुपत धर्मियों की प्रधानता हो गई थी।

1
(सन् 400 ई.)

शिशपा नगरी में कई पाशुपत देवालय थे, जिनमें मार्गिका के बाएँ तट से थोड़ा हटकर ईश्वर देवालय बहुत प्रसिद्ध था। वहाँ शिवरात्रि के समय भारी मेला लगता था। नगर और बाहर दूर-दूर तक के लोग इस मेले में सम्मिलित होते थे। चन्द्रगुप्त विक्रमादित्य का शासन था। यद्यपि उसकी राजधानी पाटलिपुत्र शिशपा नगरी से दूर थी, पर मगध, मल्ल, काशी, वृजि नाम वाले पुराने जनपद राज्य के गृहप्रदेश माने जाते थे। सैनिकों और शासकों में इनकी संख्या अधिक थी। इस प्रदेश के व्यक्तियों पर ज्यादा विश्वास किया जाता था। परमभट्टारक समुद्रगुप्त और उनके पुत्र परमभट्टारक चन्द्रगुप्त विक्रमादित्य अपनी शारदी यात्राओं में कितनी ही बार शिशपा नगरी को पवित्र कर चुके थे। चित्रकला, मूर्तिकला, संगीत-नृत्यकला और काव्यकला का भी यह मध्याह्न था। कलाकारों का बहुत सम्मान था। उनकी कृतियों की बड़ी माँग थी। आज के सिसवा या कनैला को देखकर कौन कह सकता है कि आज से पन्द्रह सौ वर्षों पहले यह भूमि संस्कृति में अति उन्नत थी, यहाँ के दक्ष शिल्पकार-कलाकार मामूली मिट्टी को लेकर उसमें प्राण फूँक सकते थे। शिवरात्रि के मेले में जहाँ मिठाइयाँ, खाने-पीने की चीजें, वस्त्र-आभूषण, शृंगार-प्रसाधन की हजारों चीजें बिकती थीं, वहाँ मिट्टी के खिलौनों की दूकानों की लम्बी पंक्तियाँ होतीं। खिलौनों को ही देखकर आदमी समझ सकता था, कि कला का उत्कर्ष कहाँ तक हुआ था। मिट्टी का खिलौना जैसे-तैसे नहीं बनते थे। दक्ष मूर्तिकार मूर्ति का निर्माण करते जिसके ऊपर धातु या मिट्टी के साँचे उतारे जाते। इन साँचों पर कुम्हार कोमल मिट्टी से मूर्ति बना पका देता। वृद्धाओं की देख-रेख में कुम्हार तरुणियाँ इन मूर्तियों पर नाना रंग में हरेक अवयव को उभारतीं। मूर्तियाँ दो ही चार नहीं थीं। हर-गौरी की युग्म अथवा पृथक्-पृथक् मूर्तियों की बहुत माँग थी। इसलिए नाना आकार-प्रकार की हर-गौरी की मूर्तियाँ होतीं। गणपति, कार्तिकेय (विशाख), विष्णु (लक्ष्मीनारायण), बुद्ध

आदि सैकड़ों देवी-देवताओं की मूर्तियाँ बनतीं। सवेरे पटबास के भीतर पर्दे में मूर्तियाँ सजाई देखकर आदमियों को कैसे ख्याल आ सकता था कि इतनी मूर्तियाँ शाम तक बिक जाएँगी। पर मध्याह्न में पूजा के समाप्त होने के बाद जब आवरण हटा दिया जाता, तो लोग हाथों-हाथ मूर्तियों को उठा ले जाते। उनका मूल्य भी अधिक नहीं था। लोगों में भी ऐसी परिमार्जित रुचि थी कि हरेक माता-पिता अपने बच्चों के लिए, हरेक घर अपने गवाक्षों को सजाने के लिए, एक से अधिक मूर्तियाँ ले जाता।

क्रय-विक्रय की पण्यवीथियों के अतिरिक्त मेले में अनेक मनोरंजन के साधन प्रस्तुत होते थे। कहीं नट-नर्तक अपनी कला को प्रदर्शित करते लोगों को मुग्ध करते। कहीं ग्रामीण जन अपनी गीतों के साथ नाचते हुए बसन्त के आगमन की सूचना देने वाले इस त्योहार को मनाते। अबके साल दैव प्रसन्न रहे। धान की खेती भी बहुत अच्छी हुई थी, गेहूँ-जौ सकुशल फूटकर पकने लगे थे। मटर कितनी ही कट गई थी। होलों की बहार थी। गाँवों में पत्थर के कोल्हुओं में ऊख का रस निकाल कर रोज पकाया जा रहा था। कुछ लोग भेली बनाते और कुछ राब। इनका कितना ही भाग शर्करा (चीनी) के कारखानों में चला जाता। किसानों को प्रसन्नता क्यों न होती, जबकि उनकी सारी फसल अच्छी हुई थी। सब के हाथ में पैसे थे। ताँबे के पैसे, चाँदी के रुपये और सोने के दीनार भी दुर्लभ नहीं थे। ग्रामीण जन भी कैसे परिवर्तित परिस्थिति को समझ, उसमें जल में मछली की तरह तैरने लगते हैं। अभी छह ही सात शताब्दियाँ हुई थीं, जबकि शिशपा-निवासी ताँबे-चाँदी के चौकोर सिक्कों से ही परिचित थे। यवन आँधी-पानी की तरह आए और जल्दी ही चले गए। पर, उन्होंने सिक्कों में स्थायी परिवर्तन किया। चौकोर सिक्के विदा हो गए और उनकी जगह गोल चलने लगे—चाँदी के दम्म (द्राख्म) और ताँबे के पैसे। चौकोर सिक्कों में अक्षरों को भी अंकित करने की अधिक आवश्यकता नहीं समझी जाती थी, केवल भिन्न-भिन्न प्रतीक अंकित होते थे। यवनों ने अपने राजाओं के सुन्दर चेहरों (रूपों) को अंकित किया। ग्रीक और ब्राह्मी लिपि में राजा के नाम उत्कीर्ण किये। इन्हीं सिक्कों का अनुकरण शकों ने किया

और आज गुप्त सम्राटों के भी वैसे ही मूर्ति-नाम-अंकित गोल सिक्के चल रहे थे। गुप्तकाल कला के उत्कर्ष का मध्याह्न था। पर, मुद्राकला के उत्कर्ष का मध्याह्न यवनों का शासनकाल रहा। जितनी सुन्दर और यथार्थ मूर्तियाँ उनके सिक्कों पर अंकित हुईं, उनके सामने गुप्त सिक्के अत्यन्त दरिद्र मालूम होते थे।

अपराह्न में ईश्वर-अर्चना के बाद शिशपा पुरी का सामन्त-राजा सुनहले हौदे कसे हाथी पर मेला देखने के लिए निकला। उसके साथ उसकी रानी, पुत्री और एक परिचारिका बैठी थी। राजा स्वयं गजराज का महावत था। हाँ, सचमुच वह गजराज था, आकार में काला पहाड़-सा मालूम होता था। अनेक युद्धों में उसने अपना पराक्रम दिखलाया था। सुवर्ण मंडित तीन-तीन हाथ के उसके दाँत-मुशल सामने की ओर बढ़े नोक पर ऊपर की ओर मुड़ गए थे। उसकी मस्तानी चाल को लोग मुग्ध होकर देख रहे थे। शकों के समय शिशपा नगरी का पुराना सामन्त-वंश उच्छिन्न हो गया। समुद्रगुप्त ने अपने सेनापतियों में से एक को यहाँ का सामन्त बना उसे महाराजा की उपाधि प्रदान की थी। समुद्रगुप्त की दिग्विजयों में इस सामन्त ने भारी पराक्रम दिखलाया था। उसे राज्य का एक दृढ़ स्तम्भ माना जाता था। पुत्र-सन्तान बुढ़ापे में उसे मिली थी। वही इस समय बाप की जगह महाराज था। भरा गोल चेहरा, बड़ी-बड़ी आँखें और लम्बी उठी मूँछें बतलाती थीं कि उसमें भी बाप के पराक्रम का कुछ अंश अवश्य मौजूद है। मणिजड़ित सुवर्ण मुकुट के नीचे उसके लम्बे केशों का कुछ अंश दिखलाई पड़ रहा था। कानों में एक-एक मरकत वाले कुंडल लटकते थे। अँगरखे के ऊपर मोती-माणिक्य की कितनी ही मालाएँ थीं। हस्तिस्कन्द के दोनों तरफ लटकते पैरों में कामदार जूतों के ऊपर जरी का पायजामा था। शक गए, लेकिन उन्होंने अपने परिधान को अपनी जगह लेने वाले राजाओं और राज-सामन्तों के लिए अनिवार्य कर दिया। महाराज की बाई जाँघ के साथ सुनहले म्यान में टेढ़ा खड्ग लटक रहा था। शक सीधे खड्ग को पसन्द करते थे, महाराज की सवारी आते ही लोग खड़े होकर कमर दोहरी करके अभिवादन करने लगे, कितने ही अपने ललाट को पृथ्वी पर भी रख रहे थे। सामन्त सुन्दर था, उसकी रानी भी सुन्दर थी। पर दसवर्षीया राजकुमारी ने

सौन्दर्य में अपने माता-पिता को बहुत पीछे छोड़ दिया था। उसका मुख मानो मक्खन और गुलाब की लाली मिलाकर बनाया गया था। अधर स्वाभाविक तौर से बिंबाफल की तरह लाल थे। पुष्प-सज्जित भ्रमर जैसें काले केशों को उसने ऐसे ही वेणी के तौर पर पीछे लटका दिया था। जिधर से हाथी निकल जाता, सारा वायुमंडल सुगन्धि से भर जाता। गजराज ने परमेश्वर-देवालय से चलता मार्गिका की ओर जा परले पार राजप्रासाद का रास्ता लिया।

परमेश्वरालय के पास पाशुपत-आश्रम आज विशेष दर्शनीय हो गया था। उसमें कई आँगन और उसके किनारे निवास-कोष्ठक थे। सबसे बड़े आँगन में जगह-जगह बड़े-बड़े लक्कड़ों की धूनियाँ लगी हुई थीं, जिनके किनारे जटाधारी पाशुपत साधु मृग चर्म पर बैठे थे। जाड़ा बिलकुल समाप्त नहीं हुआ था, वैसे जलती हुई धुनियों के पास जाड़ा फटक नहीं सकता था, पर ये तपस्वी जाड़े-गर्मी की पर्वाह नहीं करते थे। कितनों के शरीर पर रुद्राक्ष की माला और कोपीन के अतिरिक्त सारे शरीर पर केवल भस्म दिखालाई पड़ती थी। उनकी जटाएँ खोल देने पर एड़ी तक पहुँचती थीं जिन्हें राख-डाल-डाल कर पिंगल बना दिया गया था। भगवान भूतभावन के महोत्सव का दिन था, बड़ी श्रद्धा से मनाया जाता था। भाँग की तो सदावर्त लगी हुई थी। उसके स्वादिष्ट मधुर रस को प्रसाद के रूप में दर्शनार्थियों को भी दिया जाता था। शर्व स्वामी की धुनी के पास भारी मंडली जमा थी। स्वामी की आयु सत्तर से कम न होगी। बुढ़ापे के चिह्न उस पर जरूर दिखलाई पड़ते थे, किन्तु वह स्वस्थ और सुगठित था। उसकी वाणी में और भी तेजस्विता थी। वाराणसी के यह प्रसिद्ध योगी मेले के लिए खास तौर से यहाँ आए थे। उनकी कीर्ति उससे पहले ही शिशपा पुरी में पहुँच गई थी। उनकी पृथ्वी-प्रदक्षिणा की अतिरंजित कथाएँ लोगों में प्रचलित थीं। लोगों के कहे अनुसार शर्व स्वामी की गति इन्द्रलोक, ब्रह्मलोक, कैलास तक थी। पर, इतनी अतिरंजित बातें उनके मुँह से नहीं निकल रहीं थीं। विजया (भंग) का अच्छा-सा गोला चढ़ाकर भोजनोपरान्त तीसरे पहर के समय वह बहुत मौज में आ शिष्य और भक्त मंडली के कानों को अपनी वाणी से पवित्र कर रहे थे।

"हाँ, उस बार कैलास में मैं महाशिवरात्रि के समय ही पहुँचा था। मैंने चारों पहर अखंड जागरण कर के भगवान कैलासपति की पूजा की। कैलास का क्या कहना? वहाँ तो शंकर स्वयं निवास करते हैं। जगदम्बा उनके वामांग में शोभित होती हैं। जटा से गंगा की धार आकाश की ओर उठकर नीचे गिरती दिखाई पड़ती हैं। गणपति, कार्तिकेय दोनों पुत्र अपने माता-पिता की बगल में बैठते हैं। गौरीवाहन सिंह और शिववाहन नन्दी पास-पास आसीन हैं। शंकर के गण अपनी विविध लीलाओं से हर-गौरी का मनोरंजन करते हैं।"

भक्तमंडली यही समझ रही थी कि स्वामी ने कैलास में जो कुछ आँखों देखा, उसी का वर्णन कर रहे हैं। वाणी में चित्र खींचने की जो शक्ति विजया ने दी थी, उसकी ओर किसी का ख्याल नहीं था।

एक सुन्दर तरुण ने पूछ लिया—"स्वामी, कैलास जाने में बहुत कष्ट उठाना पड़ा होगा।"

"कष्ट उठाने की बात क्या पूछते हो वत्स? पर, इस शरीर ने किसी कष्ट को कष्ट नहीं समझा, क्योंकि वह भव और भवानी के लिए बचपन में ही अर्पित हो चुका। कैलास से ही गंगा भागीरथी आई हैं, यह सबको मालूम है। लेकिन, मालूम होना और वहाँ पहुँचना एक बात नहीं है। रास्ते में ऐसे पहाड़ी रास्तों से जाना पड़ता है जो खड्ग की धार से मालूम होते हैं। दोनों तरफ हजारों हाथ गहरे खड्ड होते हैं। यदि जरा-सा पैर चूका, तो हड्डियों का भी पता नहीं लगे। पर, सदाशिव हस्तावलम्ब देने के लिए तैयार हों, तो कोई बात नहीं। पहाड़ों में हम जितना ही ऊपर की ओर अधिक जाते हैं, उतनी ही सर्दी बढ़ती जाती है। पानी छूने में हाथ सुन्न हो जाता है। यहाँ भी माघ- पूस में सर्दी होती है, पर ऐसी सर्दी तो वहाँ जेठ-बैसाख में होती है, जबकि यहाँ लू चलती है। आगे रास्ता हिम के ऊपर से होता है। हिम आप लोगों में से किसी ने नहीं देखा होगा। हमारे यहाँ न हिमपात होता है और न अत्यन्त सर्दी के कारण पानी जम कर हिम बन जाता है। हिम छूने मात्र से हाथ चेतनाहीन हो जाता है, पैर चलने की शक्ति खो देता है। पैरों में चमड़े का मोटा जूता पहनना पड़ता है।

तरुण ने पूछा—"सुनते हैं, उधर ऐसी नदी है जिसमें शरीर पड़ने पर पत्थर हो जाता है।"

अपनी लम्बी दाढ़ी पर हाथ फेरते स्वामी ने कहा—"हाँ, शिलावती गंगा। वह कैलास से भी आगे है। वहीं तक मनुष्य पहुँच सकता है। वही उत्तर दिशा में मनुष्य की गति की सीमा है। उसे पास करना बिरलों ही के भाग्य में है—उन्हीं के भाग्य में, जिन्हें भवानीपति स्वयं उधर ले जाना चाहते हैं।"

शर्व स्वामी ने अपनी आयु के बहुत से वर्ष देशाटन में बिताए थे। पश्चिम में भारत, पारसीक, बाल्हीक, कम्बोज तक गए। पूर्व में उन्होंने सागर पार के कितने ही देशों को देखा था। यथार्थ से अतिरंजित वर्णन करना उन्हें अधिक पसन्द था। उस समय लोगों की भी रुचि ऐसी ही थी।

2
(सन् 515 ई.)

एक ही पर्ष पहले परमभट्टारक महाराजाधिराज चन्द्रगुप्त विक्रमादित्य का देहांत हो गया और उनके पुत्र कुमारगुप्त महेन्द्रादित्य पाटलिपुत्र के सिंहासन पर बैठे। शिशपा नगरी की असाधारण श्रीवृद्धि इन पन्द्रह सालों में हुई हो, ऐसी बात नहीं थी। एक परिवर्तन जरूर हुआ, यहाँ इसी साल एक नया सामन्त 'महाराज' गद्दी पर बैठा जो पुराने सामन्त का पुत्र नहीं जामाता था। वही अनिंद्य सुन्दरी राजकन्या, जिसके बाल-सौन्दर्य को मेले में देखकर लोग देखते न अघाते थे, उसकी पत्नी बनी थी।

कला में तरुण श्रीकर की सर्वतोमुखीन गति थी। सुन्दर चित्रकार और मूर्तिकार होने के साथ वह असाधारण कुशल गायक और नर्तक भी था। वीणावादान में उसकी तुलना नहीं हो सकती थी। इस सबके साथ उसकी अजब फक्कड़ी तबियत थी। उसका जन्म शिशपा नगरी के उसी अंचल में कहीं था, जहाँ कर्नहट का नगरोपांत था। नगरी के उपाध्यायों से उसकी तृप्ति नहीं हुई, वह गुणी गुरुओं की खोज में वर्षों भटकता रहा। दो सौ वर्षों तक शक-क्षत्रपों की राजधानी होने से मथुरा भारत की मूर्धन्य नगरी मानी जाती रही।

वहाँ के नर-नारी उच्च नागरिक जीवन के आदर्श समझे जाते थे। उसने वहाँ भी कुछ वर्ष बिताएँ। महाकाल की नगरी उज्जयिनी में भी पहुँचा। फिर पल्लव-राजधानी कांची में गुण-संचय करते समुद्र में स्थित सिंहलद्वीप की राजधानी अनुराधपुर में भी कुछ समय लगाया। उस शिवरात्रि के मेले के बाद भी शर्व स्वामी से मिलकर उसने उनकी यात्राओं के बारे में बहुत-सा ज्ञान प्राप्त किया। एक बार उसका भी दृढ़ संकल्प हो गया था कि सदेह कैलास में चलकर भवानीपति का दर्शन करूँ। कनखल और गंगाद्वार (हरिद्वार) होते वह पहाड़ों में घुसा। असि की धार जैसे रास्ते नहीं मिले, पर वह कठिन अवश्य थे। आगे बढ़ने पर किरातों की भूमि आई। भाषा की कठिनाई उनकी हिम्मत को नहीं तोड़ सकती थी, पर वहाँ "साक्षात् शंकर और पार्वती का निवास कहाँ है", इसका पता नहीं लग रहा था। श्रीकर ने हिम देखा, हिमाच्छादित भूमि, हिमशिखर देखे। उत्तुंग देवालय के शिखर की तरह के नुकीले सदा हरे देवदारुओं को भी देखा और उन्होंने उसे अपनी ओर आकृष्ट भी किया। छाया में बैठे उनकी मनोमुग्धकारिणी भीनी-भीनी सुगन्ध को सूँघने में उसे तृप्ति नहीं होती थी। एक जाड़ा उसने किरातों की भूमि में बिताया। पर, कह सकते हैं कि जाड़ों की मार के बाद उसे सदेह भवानीपति के दर्शन की इच्छा नहीं रह गई।

छह-सात वर्ष के पर्यटन के बाद श्रीकर जन्मभूमि के दर्शन की लालसा से शिशपा नगरी आया। यहाँ रहने की उसकी कोई इच्छा नहीं थी। माता और मातृभूमि ही उसके हृदय को यहाँ खींच लाई थी। अपनी कला का प्रदर्शन करने की चाहे उसकी रुचि न हो, लेकिन बन्धु और मित्र उसे कैसे छोड़ सकते थे? श्रीकर के संगीत की ख्याति सारी शिशपा नगरी में फैल गई। प्रासाद में भी उसका नाम याद किया जाने लगा। राजदरबार में उसके गुणों की कदर हुई। वह वहाँ से जल्दी छुट्टी लेकर चल देना चाहता था। पर, सामन्त उस पर अपना अधिकार समझता था, जब राजकन्या अनोमा ने उससे संगीत सीखने के लिए प्रबल इच्छा प्रकट की, तो श्रीकर को रहने के लिए मजबूर होना पड़ा।

इतिहास में कई बार इस तरह के खतरों के उदाहरण मिलते हैं, तब भी लोग खतरे में पड़ने से बाज नहीं आते। श्रीकर अद्‌भुत कलाकार ही नहीं था, बल्कि तरुण, स्वस्थ और अत्यन्त सुन्दर पुरुष था। राजकुमारी षोडशी हो चुकी थी। सौन्दर्य और श्रृंगार की भावना को शीघ्र उत्तेजित करने वाली संगीत कला है। महाराज को ख्याल हुआ होगा, यह अकिंचन कुल में उत्पन्न कलाकार मेरी कन्या की ओर लोभ की दृष्टि से देख भी नहीं सकता। ऐसा करने पर क्या उसकी आँखें अपनी जगह रह सकतीं?

पहले श्रीकर ने बेमन से ही संगीत की शिक्षा देनी चाही। अनोमा संगीत का क-ख नहीं पढ़ रही थी। गीत-वाद्य-नृत्य में उसकी काफी गति थी। इनके लिए उसमें प्रतिभा और अत्यन्त मधुर कंठ था। वस्तुत: इसी कारण वह श्रीकर की कला को परखने में समर्थ हुई थी। शिष्या को इतनी शीघ्रता से सीखते देखकर श्रीकर भी मनोयोग से हरेक बात सिखलाने लगा। पहले उसका हृदय एक शिष्या के तौर पर ही वात्सल्य भाव से भर गया, दोनों एक-दूसरे में अत्यन्त आत्मीयता का अनुभव करने लगे। उनको कोई दूसरा ख्याल नहीं था। शायद अनोमा शिष्या की जगह शिष्य होता, तो गौरव और वात्सल्य ही तक दोनों के हृदय सीमित रहते। लेकिन, पुरुष-स्त्री आग और घी हैं। अत्यन्त समीपता होने पर उन्हें प्रज्ज्वलित होने से रोकना असम्भव है। दो वर्ष तक संगीत-शिक्षण चलता रहा। इसी बीच उनका हृदय न जाने कब दूसरा रास्ता लेने के लिए मजबूर हुआ। अब उनके शिक्षण में पहले से अधिक रस ही नहीं आने लगा। दोनों एक दूसरे से अलग होने पर बेचैनी का अनुभव करने लगे। शिक्षण का समय दो-तीन घड़ी से अधिक का नहीं हो सकता था। उस समय राजन्या की माता या और एक या अधिक परिचारिकाएँ वहाँ मौजूद रहतीं; लेकिन, संगीत ने उन्हें ऐसी भाषा दे दी जिसके द्वारा किसी की आँखों के सामने वह अपने हृदय के प्रेम को प्रकट कर सकते थे। राजकन्या हरेक अवसर को ढूँढती रहती जबकि उसे श्रीकर के समीप रहने का मौका मिलता। शिष्या की इतनी शीघ्रता से प्रगति देखकर माता-पिता को बड़ी प्रसन्नता हुई। उनकी वही एक मात्र सन्तान थी जिसका ब्याह वह किसी उच्च राजकुल में

और हो सके तो परमभट्टारक के वंश में करके जामाता को अपना स्थान देना चाहते थे। ऐसे कुल और वैभव को प्राप्त करने के लिए कन्या में सौन्दर्य के साथ और भी गुणों की आवश्यकता थी जिनमें संगीत और नृत्य सबसे महत्त्व रखते थे। अब आशा हो चली कि किसी उत्सव के उपलक्ष्य में पाटलिपुत्र ले जाने पर अनोमा को राजपुत्र मिलने में दिक्कत नहीं होगी।

अनोमा का संगीत-शिक्षण और परिदर्शन राजप्रासाद तक ही सीमित नहीं था। समय-समय पर यात्रोत्सव, वनभोज, जल-क्रीड़ा या आखेट-यात्राओं में भी वह जाती जिसमें श्रीकर बराबर साथ रहते। सावन-भादों में जब मार्गिका ऊपर तक पानी से भर जाती, तो राजकुमारी परिजन और अपने आचार्य को लिए नौका-विहार को निकलती। निशीथ में दूर तक उसके मधुर कंठ से निकले स्वर गूँज उठते। जान पड़ता, भूलोक पर नहीं, किसी दूर के अप्सरा-लोक में पहुँच गए हैं। मार्गिका का तट यद्यपि ग्रामों से भर गया था, वहाँ जंगल कम थे; लेकिन, उत्तर और दक्षिण काफी दूर जाने पर अब भी घने जंगल थे जिनमें चीते, बाघ, भालू भी मिल जाते थे। मृगया युद्ध का ही एक छोटे रूप में अभ्यास है। उस समय के सभी सामन्त मृगया-प्रेमी थे। अनोमा के पिता को अपने पिता की तरह बड़े-बड़े युद्धों में भाग नहीं लेना पड़ा था, पर इसे संयोग कहना चाहिए। वह अपने पिता का अयोग्य पुत्र नहीं था। शिकार-यात्राओं में अपनी इकलौती पुत्री को अक्सर साथ ले जाता था। श्रीकर कोमल हृदय था, मृगया के लिए भी किसी को मारना उसके लिए असह्य बात थी। वह विहार में हर अष्टमी, अमावस्या और पूर्णिमा को पंचशील ले प्राणों की हत्या से विरत रहने की प्रतिज्ञा लेता। लेकिन, अपनी शिष्या के आग्रह पर उसे मृगया में शामिल होना पड़ता। वनभोज में उसे विशेष आनन्द आता। यह केवल सुन्दर पान और खान का भोज ही न होता, बल्कि अपनी शिष्या के संगीत-नृत्य- कौशल को दिखला कर उसे अभिमान करने का मौका मिलता। लोग राजकन्या की प्रशंसा करते, आचार्य की प्रशंसा किये बिना भी न रहते।

श्रीकर जानने लगा था कि राजकुमारी को और सीखने के लिए कुछ रह नहीं गया है। पर, दोनों पिता-माता पर यह प्रकट होने देना नहीं चाहते थे,

क्योंकि तब उन्हें एक-दूसरे से मिलने का इतना अवसर कहाँ मिलता? पिता-माता तब तक इस शिक्षा को जारी रखना चाहते थे जब तक की अनोमा का पाणिग्रहण न हो जाए। चार साल बाद वह और देर करना नहीं चाहते थे। तरुणी के सौन्दर्य को कई राजकुमार सुन, कुछ देख भी चुके थे। उनमें से किसको जामाता बनाया जाए, इसका निश्चय करना पिता-माता के ऊपर था। इसी बीच श्रीकर-अनोमा की स्नेह-भूमि पराकाष्ठा को पहुँच गई। कितनी ही बार चार आँखें संकोच दूर करके मिलतीं। कितनी ही बार सब कुछ भूल कर वह एकटक देखते ही रहते। परिचारिकाएँ यह जानकर भी बहुत पर्वाह नहीं करती थीं। वह कभी-कभी संकेत द्वारा सावधान करना चाहती थीं, पर उससे कोई लाभ नहीं हुआ। उदयन से वासवदत्ता पर्दे के भीतर रहकर वीणावादन सीखा करती थी। उसका पिता अपने स्वभाव के कारण चंडप्रद्योत के नाम से प्रसिद्ध था। भयंकर संकट सिर पर था, लेकिन दोनों हृदय प्रेम करने से बाज नहीं आए। श्रीकर और अनोमा भी उसी स्थिति में पहुँच गए। उन्होंने प्राणों की बाजी लगाकर भी अपने प्रेम को कायम रखना चाहा। किसी सहृदया परिचारिका की उन्हें सहायता मिली। वह अपने भावों को चिट्ठी में लिखकर एक-दूसरे के पास पहुँचाने लगे।

मालूम ही था कि यह स्थिति देर तक नहीं रह सकती। उनके दिमाग में यही ख्याल दौड़ रहा था कि कैसे दोनों सदा के लिए एक-दूसरे के हो जाएँ। खबर मिली, किसी सामन्त-कुमार से अनोमा का ब्याह पक्का हो रहा है। देर करने का समय नहीं रह गया था। इसी बीच एक दिन राजकुमारी के आचार्य के सामने वीणावादन करते समय उसकी माता कक्ष में आने लगी। शायद किसी ईर्ष्यालु परिचारिका ने उसे सूचित कर दिया था, या संयोग था। वीणा के स्वर में कुछ विकृति आ गई थी। वादिका के दोनों नेत्र अपलक श्रीकर के नेत्रों से किसी अज्ञात सूत्र से बँधे मालूम होते थे। माता क्षण भर इस दृश्य को देखने के लिए रुक गई, फिर कक्ष में पहुँची। दोनों नेत्र प्रकृतिस्थ हो गए। वह उस समय कलाकार को फटकार सकती थी, दंड दिला सकती थी, पर उसने खून का घूँट पी लिया, सिर्फ इतना ही कहा—कल से संगीत सिखाने की आवश्यकता नहीं।

श्रीकर और अनोमा मानो स्वर्ग से जमीन पर पटक दिये गए। मिलने का अवसर सदा के लिए हाथ से चला जा रहा था। कुछ ही दिनों में अनोमा दूसरे की हो जाएगी। उसे अपने पिता के घर में ही रहना था, पर क्या श्रीकर फिर इस तरह उसके समीप जा सकेगा? दोनों प्राण की बाजी लगाने को तैयार हुए। श्रीकर ने उसी रास्ते का सुझाव रक्खा जिस पर तरुण-तरुणी युगों से चलते आए हैं। परमभट्टारक के राज्य में कहीं भाग कर जाना बेकार था, क्योंकि भगोड़ों को ढूँढ़ निकालने में दिक्कत नहीं होती। श्रीकर ने बहुत देश देखे थे। वह समझता था, किसी तरह यदि हम पश्चिम में जमुना के पार चले जाएँ, तो हमारा मनोरथ सिद्ध हो सकता है। अनोमा सब कुछ करने के लिए तैयार थी। स्त्री इस विषय में पुरुष से भी अधिक त्याग कर सकती है। प्रेम के लिए हजारों स्त्रियाँ अपने शरीर को अग्नि में हवन करती रही हैं। उस समय तक अभी सती-प्रथा का अधिक प्रचार नहीं था।

चिट्ठी द्वारा तै करना मुश्किल नहीं हुआ। एक रात श्रीकर और अनोमा शिशपा से भाग निकले। अनोमा भी पुरुष भेस में थी। दोनों साधारण ग्रामीण के रूप में निकले थे। घोड़े पर तुरन्त चलने में पहचाने जाने का खतरा था। पहली रात छह घंटा चलने का मौका मिला, जिसमें वह छह ही कोस चल पाए। दिन के लिए एक गाँव की गरीब बुढ़िया के घर में ठहर गए। अगली रात वह सारी रात चलते रहे। राजकुमारी के पैरों में छाले पड़ गए। वह चलने में बिलकुल असमर्थ थी, तो भी हिम्मत बाँध कर चलती रही। आख़िर प्राणों का सौदा था। दूसरे दिन वह किसी गाँव में ठहरे।

शिशपा से चारों ओर सवार छूटे हुए थे। अपरिचित तरुण-युगल गाँव वालों की नजर से बच नहीं सके। दोनों पकड़ कर लाए गए। सामन्त की आँखों में खून उतर आए, तो क्या आश्चर्य? श्रीकर ने साधारण अपराध नहीं किया था। अनोमा ने निस्संकोच प्रेम स्वीकार करते हुए माता-पिता से प्रेमी के प्राणों की भिक्षा माँगी। बात छिपी नहीं रह गई थी, पर ऐसा प्रयत्न किया जाता रहा कि मानों इसको कुछ ही लोग जानते हैं। सब को निश्चय था कि श्रीकर को प्राणदंड मिलेगा। श्रीकर अपनी कला से नगरी के हरेक पुरुष-स्त्री

का प्रिय हो गया था। सभी मानते थे, ऐसा कलाकार कभी ही कभी पैदा होता है। अभी उमर 32-33 से ज्यादा नहीं थी। क्या इसी उमर में वह दुनिया को अपनी कला से वंचित करके चला जाएगा? सभी यही मना रहे थे कि श्रीकर की जान बच जाए। पिता के सामने जाकर अनोमा दया की भिक्षा माँगने की हिम्मत नहीं कर सकती थी। वेदना में चूर दूसरे सभी मूक भावना से उस अभागे दिन की प्रतीक्षा कर रहे थे। सामन्त किसी काम को जल्दी करना पसन्द नहीं करता था। वह संगीत का जबरदस्त पारखी और प्रेमी था। इसी पर लोगों की आशा बँधी हुई थी। लेकिन, माँ ने चंडी का रूप धारण किया था। बेटी बार-बार कह चुकी थी कि श्रीकर को मार कर तुम मुझे जीती नहीं रख सकोगी। पर, उसका दिल प्रतिहिंसा की आग से भड़क उठा था।

वह मनहूस दिन आया, पर उतना मनहूस सिद्ध नहीं हुआ। सामन्त ने यही निर्णय दिया—जिन नेत्रों ने बुरी भावना से मेरी पुत्री की ओर देखा, उन्हें रहने का अधिकार नहीं है। श्रीकर को इसकी जगह मृत्यु अधिक पसन्द होती, क्योंकि अब वह अपनी प्रियतमा को कभी नहीं देख सकेगा। लोगों ने लम्बी साँस छोड़ते हुए यह जान कर सन्तोष किया कि श्रीकर की कला मरने नहीं पाई।

3
(430 ई.)

नेत्रविहीन श्रीकर की कला की कदर पीछे हुई, इसका उन्हें सन्तोष होना चाहिए था, पर जला हुआ हृदय हरा कैसे हो सकता था? हाँ, कला हृदय में लगी आग को बुझाने का साधन बनी। इसी के रूप में वह उपासना करते थे। गुप्त-वंश कला का सदा से प्रेमी रहा। समुद्रगुप्त स्वयं अद्वितीय वीणावादक था। चन्द्रगुप्त को कालिदास के साहचर्य का सौभाग्य प्राप्त हुआ था, वह भी कलाप्रेमी था। अग्रज रामगुप्त ने पट्टमहिषी को शकराज को देना स्वीकार करके वंश की नाक कटा ली, कुलक्रम से आई पृथ्वी को खो दिया था। अनुज चन्द्रगुप्त ने भाभी का रूप बना शकराज के शिविर में जाकर उसे मार

कर कुलागत पृथ्वी का उद्धार किया। पुराणों में वराह द्वारा पृथ्वी के उद्धार की कथा सुनी जाती है। उस पृथ्वी-उद्धार और इस पृथ्वी-उद्धार को एक करके चन्द्रगुप्त की वराह-अवतार के रूप में कितनी ही सुन्दर मूर्तियाँ बनाई गईं थीं। उनमें से एक विदिशा के पास एक पर्वतगुहा में अब भी मौजूद है। चन्द्रगुप्त का पुत्र कुमार गुप्त भी पिता-पितामह की तरह ही कला से प्रेम रखता था, ढूँढ़-ढूँढ़ कर गुनियों को आश्रय देता था। नेत्रविहीन हो श्रीकर शिशपा में फिर क्यों रहते? पर, उस समय की धरती का कण-कण कला का स्वागत करने को तैयार था, इसलिए श्रीकर को न भीख माँगने की जरूरत थी, न किसी के सामने हाथ पसारने की। लोग स्वयं ही उन्हें बड़े आदर के साथ अपने यहाँ ले जाते। श्रीकर की अपनी इच्छा यही थी कि भागकर वहीं चलें जहाँ जाने का उन्होंने अपनी प्रियतमा के साथ संकल्प किया था। पर, पैर होते हुए भी वह दूसरों की आँखों के सहारे ही चल सकते थे।

अनोमा का ब्याह विदिशा के राजकुमार के साथ हो गया। उसकी इच्छा-अनिच्छा का ख्याल उससे पिता-माता क्यों करने लगे? विदिशा-राजकुमार अब शिशपा में रहने लगा। अनोमा मनाती थी, विदिशा ही में जाकर रहने पाती। शिशपा हर क्षण श्रीकर की स्मृति दिलाकर उसे विकल कर देती थी। पर, इसके लिए उसे एक भाई की आवश्यकता थी। पति और पिता-माता को खुश करने के लिए कभी-कभी वह मुस्कराने की कोशिश करती, लेकिन उसका हृदय हर वक्त आग में जल रहा था। वह सोचती—मेरे कारण ही मेरे प्रियतम की वह अवस्था हुई। आज वह निरीह होकर न जाने कहाँ पड़े होंगे। उनके नेत्रों ने क्या अपराध किया था? यदि किया था, तो मेरे नेत्रों ने भी तो किया था। कभी उसे ख्याल आता, मुझे भी अपने नेत्रों को रखने का अधिकार नहीं है। वह अपने को नेत्रविहीन कर सकती थी, लेकिन एक बार फिर उसे अपने प्रियतम को देखने की लालसा थी। उस वक्त वह वैसा साहस नहीं कर सकती थी। रोज सवेरे यह आशा लेकर उठती कि प्रियतम का दर्शन नहीं, तो कम-से-कम उनका कोई समाचार आज मिलेगा। लेकिन, यह सौभाग्य कहाँ मिलने वाला था?

श्रीकर ने अपना नाम बदल कर सुकंठ रख लिया था। अब पाटलिपुत्र में वह आचार्य सुकंठ के नाम से रहते थे। पश्चिम की ओर बढ़ते-बढ़ते चार वर्षों में वह मथुरा पहुँचे। वहीं के उपरिक (राज्यपाल) ने गुणों को परख कर उन्हें कुमारगुप्त दरबार में भेजा। पाटलिपुत्र में आचार्य का घर एक सुख-वैभव-सम्पन्न पुरुष का घर था। घर में दासियाँ और नौकर-चाकर थे। उनके ऊपर मुग्ध होने के लिए अब भी कितनी ही कुलांगनाएँ तैयार थीं, पर दूध के जले आचार्य अब छाछ को भी मुँह लगाने के लिए तैयार नहीं थे। दरबार में विशेष अवसरों पर उनको अपने संगीत का कौशल स्वयं या शिष्य-शिष्याओं द्वारा दिखलाना पड़ता। बाकी सारा समय संगीत-शिक्षण में बीतता। उनका प्रासाद एक गृहस्थ का भवन नहीं, बल्कि संगीतशाला थी। राजधानी और बाहर के योग्यतम शिष्य-शिष्याएँ उनके पास शिक्षा ग्रहण करते। इसमें तन्मय हुए आचार्य को समय बीतते पता नहीं लगता। वह रात को भी देर तक अपने शिक्षण का क्रम जारी रखते, लेकिन सारी रात तो वह नहीं चल सकता था। उनके लिए दिन भी अँधेरा था, रात क्या अन्तर कर सकती थी? लेकिन, असह्य एकान्तता रोज उन्हें सूचना देती कि कालरात्रि आ गई है। फिर अपने जीवन के उन वर्षों की हरेक बात को वह अपने मानस-नेत्रों के सामने दोहराते, आँसू बहाते। यह जानना उनके लिए मुश्किल नहीं था कि अनोमा कहाँ है। निश्चय ही वह शिशपा में ही होगी। पर, शिशपा का नाम लेना भी उनके हृदय पर भारी आघात पहुँचाता। यों ही कोई क्यों आकर शिशपा का समाचार देने लगा?

कालचक्र किसी के लिए रुकता नहीं। दिन होता है, शाम होती है, रात आ जाती है, फिर दूसरा दिन शुरू हो जाता है। आचार्य सुकंठ की सारी रातें कालरात्रि होकर अत्यन्त लम्बी होती थीं, लेकिन आखिर उन्हें भी समाप्त होना ही था। कितने वर्ष बीत गए, इसे जानने की सुकंठ को इच्छा नहीं थी। कुमारगुप्त योग्य पिता के अत्यन्त अयोग्य पुत्र नहीं थे। पर, तो भी गुप्त राज्यलक्ष्मी को सुरक्षित रखने के लिए जिस योग्यता की जरूरत थी, उसकी कमी जरूर थी। यही कमी उनको संगीत और कला की ओर खींच ले गई।

पाटलिपुत्र को उन्होंने कला और कलाकरों से इतना समृद्ध कर दिया जितना इससे पहले कभी नहीं हुआ था। परमभट्टारक का अनुसरण करना हरेक सामन्त अपना कर्त्तव्य समझता था, चाहे वास्तविक प्रेम न हो, पर कला के संरक्षण को स्पृहणीय मानता था। आचार्य सुकंठ के लिए इससे अधिक उपयुक्त समय कौन मिल सकता था? वह साधारण संगीताचार्य नहीं थे। उनकी प्रकृति में एक विशेष प्रकार का आकर्षण था। शंकर की प्राप्ति के लिए गौरी तपश्चर्या के गीत उन्हें बहुत पसन्द थे, उन्हें वह तन्मय होकर गाते। पार्वती को शंकर का मिलन प्राप्त होने वाला था। बेचारे सुकंठ किस मिलन की आशा कर सकते थे? प्रियतमा का अनन्त वियोग इस गान में विचित्र भाव पैदा कर देता था। कोई भी श्रोता उसे आँसुओं को रोक कर सुन नहीं सकता था। श्रीकर सुगत के परम भक्त थे, पर सुकंठ को हरगौरी ने अपनी ओर खींचा। उनमें उन्हें तृप्ति अधिक मालूम होती थी। बुद्ध का व्यक्तित्व शान्त अवश्य था और किसी अशान्त हृदय को वह अपनी ओर खींच भी सकता था। पर, सुकंठ को वह वर्णहीन विचित्रताहीन मालूम होता था।

सैयद बाबा

(1210 ई.)

बचपन में आदमी स्वप्न और जागृत दोनों अवस्थाओं में मानो एक ही समय घूमता रहता है। जो कथाएँ वृद्धाओं और दूसरों से सुनने को मिलती हैं, वे भी उसे कल्पना-क्षेत्र में घूमने की प्रेरणा देती हैं, लेकिन ये कल्पनाएँ बहुत कम सत्यता पर अवलम्बित रहती हैं। कहा जाता है, राजा भोज जिस सिंहासन पर बैठे थे, वह सदियों पीछे एक खेत में कई हाथ नीचे दब गया था। किसान का लड़का जब उस जगह पर जाकर बैठता, तो वह राजा भोज का अभिनय करने लगता। खोदने पर वहाँ पुराना सिंहासन निकला, जिसके चारों ओर बत्तीस पुतलियाँ बनी थीं। कोई अयोग्य राजा जब उसकी ओर पैर बढ़ाकर चढ़ने की कोशिश करने लगा, तो पुतलियों में से एक-एक ने खड़े होकर भोज की महिमा की एक-एक कहानी सुनाई। यह एक मनोरंजक कहानी हो सकती है, पर इसमें सत्यता का अंश इतना ही है कि हरेक प्राचीन विस्मृत चिह्न के अकस्मात् हस्तगत होने पर आदमी की जिज्ञासा उसके जानने के बारे में उत्कट हो उठती है।

मेरा पितृग्राम कनैला (जिला आजमगढ़) सरकारी कागजों में कनैला-कर्नहट लिखा जाता है। हो सकता है, किसी दूसरे कनैला ग्राम से अलग करने के लिए उसके साथ कर्नहट जोड़ा गया। शायद कर्नहट ही पुराना नाम हो और कनैला नाम वहाँ की कहावत के अनुसार कनैल फूल के जंगल के कारण पड़ा।

उसकी बगल ही में नरहता का छोटा गाँव है जो कर्नहट की तरह सम्भवत: नरहट रहा हो। हाट बाजार को कहते हैं। यह दोनों गाँव हाटों से बहुत दूर हैं—रेल के सबसे नजदीक के स्टेशन 8-9 मील से कम दूर नहीं हैं। हाल में कनैला के एक छोर से पक्की सड़क बन गई। अब उस पर बसें दौड़ने लगी हैं। आने-जाने में आसानी हो गई है। और यह बयाबानी गाँव सभ्य आदमियों के गाँवों में परिणत हो सकता है। कर्नहट को भी लोग कनैला के कनैल से ही जोड़ना चाहते हैं, पर यह गाँव ऐसा निरा जंगली गाँव पहले नहीं था, यह वहाँ के अवशेषों में जब-तब मिल गई चीजें बतलाती हैं। मौर्यकाल की ईंटें यहाँ मिली हैं, धरातल पर ही डीह बाबा के स्थान में वज्रयान-बौद्ध धर्म के महाकाल की मूर्ति भी पूजी जा रही है। जो 10वीं-11वीं शताब्दी की हो सकती है। डीह बाबा की बगल ही में पहले विस्तृत, किन्तु अब डर के मारे खेत न बनाया गया कुछ गज लम्बा-चौड़ा ऊँचा स्थान कोट के नाम से मशहूर है, जहाँ सैयद बाबा की कब्र पूजी जाती है। जान पड़ता है, यह सैयद बाबा इस्लाम के आरम्भिक शासन के कोई तुर्क-सेनानी थे। बनारस यहाँ से 20 कोस से अधिक दूर नहीं है। पास में मंगई के पार सिसवा के मीलों तक गुप्त या प्रकट ध्वंसावशेष चले गए हैं, जिनसे पता लगता है कि मुस्लिम-काल में भी यह स्थान उतना अकिंचन नहीं था। किंचन होने ही का शायद उसे फल भोगना पड़ा और तुर्कों की सेना ने आक्रमण करके इसे लूटा, सम्पन्न लोगों को मारा। सैयद बाबा की परम्परा के वाहक कनैला के चन्द घर मुसलमान कारीगर हैं, या हरिजन-अर्धहरिजन जातियाँ।

आरम्भ में गुलाम-खिलजी-तुगलक से समय (1194-1451 ई.) के शासकों में कितने ही बड़े-बड़े अफसरों के पद पर तुर्क-भिन्न असली या नकली सैयद मुसलमान भी थे। सैयद मसऊद सालारगाजी नामक एक ऐसे तुर्क सेनापति का हमें पता है। कनैला में भी ऐसा ही एक सैयद मुस्लिम शासक रहता था। शताब्दियों बाद उसके या उसके वंशजों के अत्याचार की एकाध कथाएँ अब भी वहाँ मशहूर हैं।

1

कर्नहट शिशपा नगरी का उपनगर था जहाँ किसी पुराने शासक के नाम पर हट—हाट—बसी हुई थी। यही नहीं, वहाँ राजा लखनदेव का एक छोटा-सा महल भी था। अपनी एकांतता और आस-पास के रमणीय सौन्दर्य के कारण यह महल अक्सर खाली नहीं रहता था। 13वीं शताब्दी के प्रथम पाद में महल में राजसी तड़क-भड़क थी, परन्तु आज उस पर उतनी हँसी और प्रसन्नता के चिह्न नहीं दिखाई पड़ते थे। वहाँ एक विचित्र तरह की निष्क्रियता और नीरवता छाई दिखाई पड़ती है। कारण जानने के लिए बहुत माथापच्ची करने की आवश्यकता नहीं। भिक्षु तथागतश्री और पंडित माहव (माधव) महल के उत्तर तरफ पोखरे के पूर्व वाले भीटे पर एक पेड़ के नीचे बैठे बड़ी गम्भीरता से बात कर रहे हैं, जिससे इस समय की स्थिति का पता लग सकता है।

भिक्षु तथागतश्री के शरीर पर ताम्र वर्ण का चीवर था। उनका सिर घुटा हुआ था। आयु 50 के करीब होगी, लेकिन स्वास्थ्य के कारण वह 30 से अधिक के नहीं मालूम होते थे। उनके शरीर का रंग भी कुछ-कुछ चीवर के रंग से मिल जाता था। चेहरा सुन्दर और सौम्य था। आँखों की चमक से पता लगता था कि वह मेधावी पुरुष हैं। इस समय जरूरत से अधिक गंभीरता उनके चेहरे पर थी। माहव पंडित उनसे दो-चार वर्ष ही कम रहे होंगे, पर वह अपनी उमर से भी दस वर्ष अधिक बूढ़े मालूम होते थे। उनके गोरे मुँह पर सारी मूँछें सफेद थीं, सिर के बाल भी सन से हो गए थे, चेहरे पर झुर्रियाँ थीं। उनके शरीर पर नीचे धोती और ऊपर एक सफेद चादर थी। लम्बी शिखा पीछे की ओर बँधी थी। दोनों यद्यपि एक धर्म के मानने वाले नहीं थे, पर संस्कृति एक होने से उनका मतभेद बहुत सीमित था। दोनों ने कई सालों तक साथ ही और कितने ही विषयों को एक ही गुरु से वाराणसी में अध्ययन किया था, इसलिए दोनों में विशेष आत्मीयता थी। आज दोनों एकसमान चिन्तित थे।

माहव पंडित ने कहा—"भन्ते तथागत, ज्योतिष को मैंने भी पढ़ा है। ज्योतिषियों की भयंकर भविष्यवाणियों पर मैं विश्वास नहीं रखता, न पुराने ग्रन्थों में म्लेच्छ राज्य के कायम होने की बात पर ही मेरा विश्वास है। पर मुझे इसका अर्थ समझ में नहीं आता कि हमारे इतने बड़े देश में—जहाँ करोड़ों आदमी रहते हैं, जिनमें वीरता की कमी नहीं है—कैसे ये थोड़े से तुर्क सवार गाँवों-नगरों को लूटते, आग लगाते, चीरते-फाड़ते अजेय हो बनारस और आगे तक को अपने अधिकार में लेने में सफल हुए हैं?"

तथागत—"भाई, इसमें चकित होने की आवश्यकता नहीं। जो बात आँखों के सामने देखी जा रही है, उसमें सन्देह करने की गुंजाइश क्या? तुर्क अजेय हैं, उन्होंने सिन्ध को लिया, कन्नौज को लिया, दिल्ली में अपनी राजधानी बनाई, वाराणसी मटियामेट किया और अब गंगा के दक्षिण-पूर्व का बहुत-सा भाग भी उनके हाथ में चला गया है। नालन्दा की ईंट से ईंट बज गई, उसके देवालय और पुस्तकालय राख बन चुके हैं। तुर्कों का मूल स्थान काबुल से भी पश्चिम कहाँ और कहाँ वाराणसी और नालन्दा।"

"यही तो समझ में नहीं आता कि हमारे लोगों ने बहादुरी से मुकाबला किया, तब भी इस बाढ़ को रोकने में सफल नहीं हुए।"

"माहव पंडित, हम भी कैसे परस्पर-विरोधी विचारों के मिश्रण हैं? यहाँ महाराज लखनदेव की मंगल कामना के लिए हम पुरश्चरण कर रहे हैं। मैं तारा और महाकाल की आराधना कर रहा हूँ और आप सिंहवाहिनी देवी की। हमें अब तक की घटनाओं को देखते-सुनते विश्वास हो गया है कि तारा और सिंहवाहिनी दोनों में किसी के पास भी ऐसी शक्ति नहीं है कि वह हमारी रक्षा कर सकें। अगर शक्ति होती, तो वाराणसी और नालन्दा के साथ और भी कितने ही हमारे महान तीर्थ और देवालय राख के ढेर न बनते?"

"आपकी बात से मेरा मतभेद नहीं हो सकता, यह आप जानते ही हैं।"

"तो हमें मानना पड़ेगा कि सिन्ध से सोनभद्र तक हमारे देश में आदमी नहीं, भेड़ें बसती हैं जो मुट्ठी भर तुर्कों के सामने मरने और भागने के सिवाय

और कुछ नहीं कर सकतीं। लेकिन, मैं ऐसा नहीं मानता। वस्तुतः हमारे लोग भेड़ नहीं हैं, उन्हें जान-बूझकर भेड़ बनाया गया है। मैं दूसरे देशों में भी गया हूँ। देश के ऊपर संकट आने पर वहाँ का बच्चा-बच्चा शत्रु का मुकाबला करने के लिए तैयार हो जाता है, स्त्रियाँ भी मर्दों का अनुकरण करने से पीछे नहीं रहतीं। क्या हमारे यहाँ ऐसा हो रहा है?"

"नहीं, हमारे यहाँ तो क्षत्रियों का काम शस्त्र उठाना है।"

"और केवल क्षत्रिय ही, क्षत्राणियाँ नहीं, उन्हें अपनी लाज बचाने के लिए केवल आग में जल मरने की शिक्षा दी गई है। क्षमा करें, अपनी जाति-व्यवस्था के ऊपर कुछ कड़े शब्द कहने के लिए।"

"क्षमा की कोई आवश्यकता नहीं।"

"देश के रक्षक क्षत्रियों की संख्या 30 में से एक से अधिक नहीं है और उस एक में भी आधी स्त्रियाँ केवल जलती चिता पर जल सकती हैं, अर्थात 60 में से 1 क्षत्री पुरुष है। उनमें भी बच्चों-बूढ़ों को हटा दिया जाए, तो सारी जनता में सौ में से एक ही योद्धा रह जाता है, अर्थात 99 भेड़ें हैं।"

"और इन्हीं भेड़ों में जो तुर्कों में मिलती हैं, उन्हें शेर बनते देर नहीं लगती।"

"आपका ख्याल वाराणसी के तन्तुवायों की ओर है, जो अब म्लेच्छों के धर्म में चले गए हैं और हिन्दुओं को काफिर मानकर उनके सौ के मुकाबले में अपने एक को काफी समझते हैं।"

"इसमें क्या शक?"

"माहवजी! और सौ में जो एक तलवार भी उठा सकते हैं, वह आपस की शत्रुता के कारण मिलकर शत्रु से मुकाबला करने के लिए तैयार नहीं। वाराणसी पर तुर्कों का अधिकार हो जाने पर भी महाराज जयकंद के उत्तराधिकारी महाराज हरिश्चन्द्र अब भी संघर्ष करते रहे हैं। हमारे इन छोटे-बड़े क्षत्रिय-सामन्तों का अपने ऊपर विश्वास कम रह गया है। वह तुर्कों के सामने सिर झुकाने के लिए होड़ करने लगे हैं। पर, यदि तुर्क इस तरह सस्ते छोड़ दें, तो उनकी अपार सेना को लूट और खर्च के लिए धन कहाँ से आएगा?

इसीलिए वह जहाँ भी धन-सम्पत्ति की सम्भावना देखते हैं, वहाँ तलवार लेकर दौड़ पड़ते हैं। सबसे पहले उनकी नजर उन स्थानों पर जाती है जहाँ अपार धनराशि जमा हैं।"

"इसीलिए शायद हमारा इलाका तुर्क सवारों के घोड़ों की खुरों से रौंदा नहीं गया, क्योंकि यहाँ वैसी अपार धनराशि की सम्भावना नहीं है।"

"पर धनराशि तो है? हमारे महाराजा ने वाराणसी जाकर तुर्क सिपहसालार को बड़ी-बड़ी भेंटे दीं। लेकिन, वह इन्हें छोड़ेगा नहीं।"

"तो करना क्या है? क्या तारा और सिंहवाहिनी की पूजा तक ही हम को रहना चाहिए?"

"और अपने को इनके सामने तुर्क-तलवारों द्वारा बलि चढ़कर इन्हें भी उनके हथौड़े से चूर-चूर होने देना चाहिए।"

"भन्ते तथागत! बड़ी विडम्बना, नहीं बेबसी है।"

"हमने स्वयं अपने को बेबस बना लिया। हमारे लोगों को अब भी इतना ध्यान नहीं आया कि आपस की दुश्मनी को भूलकर, मिलकर म्लेच्छों से मुकाबिला करें। सभी सामन्त और राजा अपनी खानदानी दुश्मनी और स्वार्थ को इतनी जल्दी भूलने के लिए तैयार नहीं हैं। हमारे इस इलाके में क्षत्रियों का बोलबाला है। हमारे पूर्व और पश्चिम के कितने ही भागों में भूमिहार सामन्त हैं। भूमिहारों और क्षत्रियों में साँप और नेवले का सम्बन्ध है। जब तुर्कों के कृपापात्र बनने का सवाल आता है, तो एक-दूसरे से आगे बढ़कर सिर झुकाने के लिए तैयार हो जाता है।"

भिक्षु तथागतश्री और पंडित माहव की बातचीत से मालूम हो गया कि शिशपा (सिसवा) नगरी और उसकी उप-नगरी कर्नहट पर भारी संकट की सम्भावना थी।

2

तुर्क सिपहसालार सैयद अकरम बनारस के उत्तर की ओर अपने सवारों को लेकर चला। उसकी ही कृपा पर अपेक्षाकृत शान्त इस इलाके की लूट से

जितना मिल सकता था, उतना भेंट से कहाँ मिलता? सवार के सैनिक भी चुपचाप मक्खी मारने के लिए तैयार नहीं थे, उन्हें भी लूट का धन चाहिए। 13वीं सदी के आरम्भ के तुर्क सैनिकों का ही यह मनोभाव नहीं था, बल्कि 19वीं सदी के पूर्वार्द्ध के अंग्रेज सैनिक भी के धन के उतने ही इच्छुक थे। क्लाइव, हेस्टिंग्स और उनके योद्धा ही नहीं, बल्कि बहुत पीछे सिन्ध की विजय करने वाला जनरल से सिपाही तक लूट में अपने को हकदार समझते थे—अकरम को लूट में से 3 हजार पौंड मिले थे। यद्यपि अब लड़ाई का उद्देश्य लूट कहने में संकोच किया जाता था। सिपहसालार सैयद अकरम और उनके स्वामी को इसे छिपाने की जरूरत नहीं थी। माल गनीमत बिलकुल धर्मानुकूल अर्जित सम्पत्ति थी, साथ ही काफिरों से मिलने से उसका महातम दूना था, काफिरों के साथ युद्ध करना फर्ज था।

सौ में से एक ही आदमी चाहे योद्धा हो, लेकिन हमारे वीरों ने कभी अपनी माँ के दूध को नहीं लजाया। दुश्मन का मुकाबला उन्होंने डटकर किया, लेकिन प्रतिरक्षक से आक्रमणकारी कहीं अधिक बलवान सिद्ध होता है, क्योंकि युद्ध का स्थान और काल निश्चय करना उसके हाथ में होता है। शिशपा (सिसवा) जैसी और भी कितने ही राज्यों की अपनी-अपनी छोटी-मोटी राजधानियाँ थीं। मालूम नहीं था, सिपहसालार के घोड़ों की लगाम किधर खिंचे, इसलिए सभी अपनी-अपनी रक्षा की तैयारी को छोड़ नहीं सकते थे, अतएव सब मिलकर लड़ नहीं सकते थे। लखनदेव राजधानी से पाँच कोस दक्षिण डोभाँव में अपने सैनिकों को लेकर प्रतीक्षा कर रहे थे। लेकिन, शत्रु अपने प्रतिस्पर्धी के निश्चित किये हुए स्थान पर क्यों युद्ध देने लगा? साथ ही वह यह भी नहीं चाहता था कि इसका पता शत्रु को लग जाए। उसने डोभाँव की ओर भी कुछ सवार भेजें, लेकिन अपनी मुख्य सेना को उससे बहुत उत्तर से आगे बढ़ाया जिसका पता जब लगा, तो लखनदेव को राजधानी के दुर्ग का आश्रय लेने के सिवाय कोई चारा नहीं रह गया। सारे राज्य को लूटते-जलाते तुर्क सवार सिसवा के गढ़ पर पहुँचे। लखनदेव ने जमकर लड़ाई की। उनके योद्धा भली प्रकार जानते थे कि पराजय का मतलब सर्वनाश है, हाथ में पड़े

किसी योद्धा के ऊपर तुर्क दया नहीं दिखाएँगे। उनके लिए काफिर की गर्दन तलवार के लिए ही है। दीन के लिए इससे बढ़कर अच्छी बलि कोई नहीं हो सकती। स्त्रियाँ उनके हाथ में पड़कर भ्रष्ट और पराई हो जाएँगी। पूर्वजों के समय से प्राणों की तरह जिस धर्म को वह मानते आए थे, उसका चिह्न भी तुर्क नहीं छोड़ेगे। वाराणसी के विश्वनाथ और काल भैरव के मन्दिरों, वहाँ के धर्म-चक्र-प्रवर्तन (सारनाथ) के विहारों की जो हालत हुई, वही यहाँ भी होगी।

पर, उनकी सारी बहादुरी का कोई फल नहीं हुआ। वाराणसी के तन्तुवाय सारे के सारे तुरुक (मुसलमान) हो चुके थे। वह तुर्कों की तलवार को विजयी देखना चाहते थे। अपने मालिकों और सहधर्मियों के लिए वह सब कुछ करने को तैयार थे। उस समय लोगों के कपड़ों की सारी आवश्यकता इन्हीं तन्तुवायों के करघों से पूरी होती थी, इसलिए उनकी संख्या काफी होनी ही चाहिए। वाराणसी अगणित काल से अपने कपड़ों के लिए मशहूर थी। वहाँ के तन्तुवाय अपने शिल्प में बड़े कुशल थे। रेशमी और सूती सुन्दर वस्त्र उनके हाथों से बने भारत और भारत के बाहर भी अच्छे मूल्य पर बिकते थे यद्यपि तन्तुवाय शूद्र (अर्ध-हरिजन) थे, किन्तु उनकी आर्थिक स्थिति दीन-हीन नहीं थी, कितने ही तो बहुत सम्पन्न थे। उनके आत्म-सम्मान को बड़ी ठेस लगती थी जब देखते थे कि हमारे में से सम्पन्नतम और संस्कृततम पुरुष को भी बड़ी जाति वालों के सामने अपमानित होना पड़ता है। शायद इस अपमान को वह विधि का विधान समझते यदि तुर्कों के साथ तुर्क बनकर आए उनके पश्चिम के भाइयों ने उनकी आँखें न खोली होती। अब वह तन्तुवाय की जगह जुलाहा कहा जाना अधिक पसन्द करते थे।

सिसवा राजधानी में तन्तुवायों की काफी संख्या थी। उनमें से कुछ के रिश्ते-नाते बनारस में भी थे। यद्यपि वहाँ वाले अब तुर्क हो चुके थे, लेकिन अपने साले-बहनोइयों, नानों-मामों, सगी बहनों-बुआओं को वह इतनी जल्दी कैसे भूल सकते थे? जाति ने नियम बना दिया था कि तुर्क हो गए आदमियों को बहिष्कृत समझा जाए, उनके साथ खान-पान करने वाला कोई भी तुर्क माना जाए। पर, इस नियम का पालन अभी उतनी कड़ाई से नहीं हो रहा था।

कुछ तुर्क बने तन्तुवायों को तुर्क शासक अब भी हिन्दू के रूप में रखकर उनका उपयोग लेना चाहते थे। सिसवा में ऐसे भेदिये तन्तुवाय पहुँच चुके थे। वह कितने ही सालों से भीतर-ही-भीतर तुर्क शासकों की उदारता और समानता का प्रचार कर रहे थे—"तुर्क हो जाने पर हमारे अगुवा सिपहसालार के साथ एक दस्तरखान पर खाना खाते, एक पाँती में पूजा करते हैं। हमारी लड़कियों को ऊँचे-से-ऊँचा तुर्क-अधिकारी अपनी बीबी बनाने के लिए तैयार है..."

प्रतिरक्षा केवल ईंटों और दीवालों, तीरों और तलवारों से नहीं होती, उसके लिए आदमियों की भी ठोस ईंटें चाहिए। सिसवा की कितनी ईंटे खिसक चुकी थीं। तुर्कों के भेदिये अपने काम में सफल हो चुके थे। दुर्ग के भीतर रक्षा का कहाँ कैसे प्रबन्ध है और क्या हो रहा है, इसकी एक-एक बात दुश्मन के पास पहुँच रही थी। सैयद अकरम को बहुत समय तक वत्सपल्ली (बछवल) में प्रतीक्षा नहीं करनी पड़ी। एक अँधेरी रात को नगर के अपने पक्षपाती तन्तुवायों की सहायता से थोड़े से तुर्क सैनिक प्राकार फाँदकर भीतर घुसने में सफल हुए। उनकी संख्या शत्रुओं के सामने कुछ नहीं भी नहीं थी, लेकिन रात के अँधेरे में वहाँ संख्या गिनने वाला कौन था? उन्होंने पश्चिमी फाटक पर पहले अधिकार कर उसे खोल दिया। यह कहने की आवश्यकता नहीं कि उस रात को सिसवा वाले घास-मूली की तरह काटे गए। कौन सैनिक है, कौन असैनिक, इसके जानने की किसी को फुर्सत नहीं थी। सुबह होने के पहले सिसवा वालों का प्रतिरोध बहुत निर्बल रह गया था। सारी तुर्क सेना गढ़ के भीतर पहुँच चुकी थी। राजप्रासाद और धनियों के घरों को लूटकर उन्होंने बहुत-सा धन इकट्ठा कर लिया और जिन घरों में से कुछ भी प्रतिरोध हुआ, उसमें आग लगा दी। धन लूटने के साथ-साथ उन्होंने बड़ी संख्या में सिसवा की सुन्दरियों को भी जमा कर लिया। सैयद अकरम को यह सब देखकर भी उतनी प्रसन्नता नहीं हुई, क्योंकि मरे हुओं में लखनदेव की लाश का पता नहीं था। लखनदेव अब भी जीवित था। वह साधारण शत्रु नहीं था। यद्यपि तुर्कों को उसने सालों तक परेशान नहीं किया, लेकिन उसके युद्ध का कौशल और सैनिकों का बल नगण्य नहीं था।

जिन्होंने गढ़ के भीतर घुसने में सैयद अकरम की मदद की थी, उनसे लखनदेव की बात छिपी नहीं थी। पता लगा, वह अपने कर्नहट के प्रासाद में जाकर मुकाबला करने की तैयारी कर रहा है। सालार ने अपने छोटे भाई मकरम को कुछ सैनिक देकर गढ़ में छोड़ दिया और स्वयं कर्नहट की ओर बढ़ा। वह तो राजधानी का ही एक भाग था। जाने में देर क्या लगती? कर्नहट को भी लखनदेव ने एक कोट का रूप दे रखा था। जहाँ बचे-खुचे आदमियों को लेकर वह तैयारी कर रहा था। जब सिसवा का गढ़ मुकाबले में ठहर नहीं सका, तो यह क्या ठहरता? लड़ाई अब के दिन में हुई और 60 साला लखनदेव ने जिस बहादुरी का परिचय दिया, उससे देवता भी ईर्ष्या कर सकते थे, लखनदेव को सिर्फ इतनी ही सफलता मिली।

अकरम से सिसवा से कर्नहट को अधिक पसन्द किया और लखनदेव के कोट में ही रहने का उसने निश्चय किया।

कर्नहट में तंतुवायों, धुनकों जैसी शिल्पी जातियों की संख्या बहुत कम नहीं थी, पर चूड़ी बनाने वाले चूड़ीहार और दर्जी काफी संख्या में रहते थे। कोइरी, सोनार, लोहार, बढ़ई जैसे लोग—यद्यपि बड़ी जातियों की दृष्टि में नीचे थे, पर उतने नहीं जितने कि तंतुवाय, चुरिहार आदि। सैयद अकरम के कर्नहट में आते ही वहाँ के चुरिहारों, सूचिकारों आदि की अपनी जातीय पंचायत बैठी। वाराणसी से आए उनके जाति-मुखियों ने तुर्कों के धर्म, शासन और शक्ति की महिमा बतलाई और यह भी कि हमारे बनारस के सारे जाति-भाई अब तुर्क-धर्म में दीक्षित हो गए हैं, इसलिए तुम्हें भी उसी को स्वीकार करना चाहिए। शताब्दियों से जिस धर्म को वह मानते आए थे, उसे एक दिन में वह कैसे छोड़ सकते थे? उनको मनुष्य से भी ज्यादा अपने देवताओं का डर था। मनुष्यों में तो वह जानते ही थे कि सबसे सबल तुर्क हैं और अपनी जाति में कोई उँगली तभी उठा सकता है जबकि वह तुर्क न हो और अपनी बहुसंख्यक जाति का बल उसे प्राप्त हो। जिन मंदिरों में वह भीतर या बाहर से पूजा करने जाते थे, उनमें से एक की भी किसी मूर्ति को तुर्कों ने खंडित किये बिना नहीं रक्खा था। मूर्तियों को खंडित करके वे दिखलाना चाहते थे

कि तुम्हारे देवता झूठे हैं और केवल हमारे अल्ला की तलवार ही सच्ची है। कर्नहट के विहार के महाकाल अब टुकड़े-टुकड़े थे। शिल्पकारों में काफी संख्या बौद्ध थी और दूसरी बड़ी-छोटी जातियों में भी बुद्ध-भक्तों की कमी नहीं थी, यद्यपि उस समय किसी जाति के बारे में नहीं कहा जा सकता था कि वह एकान्ततः बुद्ध की या ब्राह्मणों की अनुयायी है। सहस्त्र वर्ष पहले जिन देवमूर्तियों की स्थापना हुई थी, वह अब सैयद अकरम की देहली में पड़ी हुई थीं जिन पर पाँव रखकर लोग भीतर आते-जाते थे। देवता इतने निकम्मे साबित होंगे, इसका किसी को ख्याल नहीं था। बहुत दिन नहीं लगा, कर्नहट के चुरिहारों, सूचिकारों, धुनियों ने अपनी पंचायत के निर्णय के अनुसार तुर्क-धर्म स्वीकार किया। उनके फिर इस्लाम से हट जाने का डर नहीं हो सकता था। जब गो-मांस मुँह में पड़ चुका, तो कौन उन्हें हिन्दू मानने के लिए तैयार होता? अकरम ने गो-मांस के कच्चे टुकड़े मँगाए और उनको हरेक घर के मुखिया के मुँह में एक-एक क्षण रखकर हटा लिया। अब शिल्पकार सदा के लिए हिन्दुओं के विरोधी और विदेश से आए तुर्क-शासकों के अत्यन्त फरमाँबरदार बन गए।

3

सैयद अकरम ने आरम्भ के कुछ वर्षों ही में तलवार का जौहर दिखलाया। प्रतिरोध अधिकतर सम्पत्तिशाली अर्थात् बड़ी जाति के लोगों से था। वह बड़ी संख्या में तलवार के घाट उतारे गए, उनके घरों को जला दिया गया। इज्जत जाने का इतना भय रहता था कि उनमें से बहुतेरे अपना देश छोड़कर सुदूर उत्तर सरजू-पार या दूसरी जगहों में भाग गए। कुछ ही दिनों में उनके घरों का पता नहीं था। बहुत कम सैयद के सुखरू बनकर अपनी जगहों पर सारे अत्याचार और अपमान को सहने के लिए रह गए। हरिजन और अर्ध-हरिजन प्रायः सम्पत्ति से वंचित थे। उन्हें अपने हाथों की कमाई पर जीना था। ऐसे लोगों को खत्म करना या बराबर छेड़ते रहना कोई भी शासक पसन्द नहीं करेगा। जिस समय की यह घटना है, उसी समय के आस-पास मध्य एशिया के बुखारा,

समरकंद जैसे बड़े-बड़े नगरों पर चंगेज खान ने वैसी ही क्रूरता के साथ अधिकार प्राप्त किया था, जैसे भारत में तुर्कों ने। फर्क इतना ही था कि चंगेज अपनी विजय के साथ दीन-धर्म का नाम नहीं जोड़ता था। जरा भी प्रतिरोध करने पर वह सम्पत्तिशाली ऊपरी वर्ग के लोगों का कत्लेआम करता था; लेकिन, इसके लिए जब पुरुषों को शहर से बाहर निकालता, तो शिल्पियों को अलग करके पहले अभयदान दे देता। सैयद अकरम के शासन-केन्द्र के आस-पास हिन्दू शिल्पी, सोनार, लोहार, बढ़ई, माली आदि अब आरम्भिक दिनों को भूलकर अपने काम में पूर्ववत् लगे हुए थे। शत्रुओं के स्वयं दूर भाग जाने से सैयद निश्चिन्त था।

जवानी की उमर में सैयद अकरम खूँखार जरूर था और उस समय का कौन-सा सिपहसालार था जो खूँखार न हो, खास कर जो अपने देश से हजारों मील दूर चला आया हो और मातृभूमि के मंगोलों के हाथ में चले जाने से वहाँ फिर लौटने की सम्भावना न हो। उमर के बीतते-बीतते शान्ति और निश्चिन्तता के जीवन ने सैयद अकरम को विलासी बना दिया। उसके हरम में लखनदेव के रनिवास की सुन्दरियाँ अब उमर में ढल चुकी थीं, फिर सैयद को उतने ही से सन्तोष कहाँ हो सकता था? वहाँ की एक-एक सुन्दरी पहले ही चुन ली गई थी, लेकिन उनके आगम का रास्ता बन्द नहीं था। सालार के दरबारियों में कितनों ही का काम था, सैयद के लिए नई सुन्दरियाँ जुटाना। कहीं भी किसी सुन्दर तरुणी का पता लगता, तो उसे सैयद के पास पहुँचने में देर न होती। लोगों ने डर के मारे तरुणाई से पहले ही अपनी लड़कियों का ब्याह करना शुरू कर दिया। लेकिन, सैयद के लिए ब्याहता और अब्याहता का कोई सवाल नहीं था। हाँ, ब्याह होने से जल्दी सन्तान हो जाने की सम्भावना थी और सन्तान वाली स्त्री की कीमत सैयद की नजर में गिर जाती थीं। बड़ी जाति वालों ने अपनी स्त्रियों की रक्षा के लिए उन्हें जवानी में पर्दे में रखना आरम्भ किया।

सैयद ने यह कायदा बनाया था कि जो भी स्त्री गौने जाए, उसे एक रात के लिए कोट में ले आया जाए। इस नियम का उल्लंघन कितने लोग

कर पाए होंगे, यह कहना मुश्किल है। जब यह छिपा हुआ भेद हो और यह भी समझा जाता हो कि इससे धर्म या जाति के जाने का प्रश्न नहीं है, तो कितनों ही ने इसको अपना कर आत्मरक्षा की होगी, यह निश्चित है। जब सिपहसालार स्वयं इस तरह कर रहा हो, तो उसके नीचे के दूसरे तुर्क-सरदार अपने मालिक के पथ पर थोड़ा भी चलने से कैसे बाज आ सकते? विशेष कर जब इस तरह का सम्बन्ध उनके दीन की वृद्धि में सहायक था।

कर्नहट में अब भी पुराने जमाने के कितने ही पोखर-पोखरियाँ हैं, जिनमें बहुतों का रूप इतना बदल गया है कि आज उनके देखने से यह नहीं कहा जा सकता कि पहले वह किसी दूसरे ही भव्य रूप में रहे होंगे। बड़ी पोखरी किसी आदमी की खुदाई छोटे पोखरे जैसी नहीं, बल्कि छोटी झील-सी मालूम होती है। उसके अतीत के गौरव का कहीं कोई पता नहीं है, लेकिन धरातल से कुछ हाथ नीचे सैकड़ों गज तक मौर्य-कालीन ईंटों की चिनाई चली गई है। सैयद के कोट से पूर्व इसी तरह का एक पोखरा दलसागर था। दलसागर का अर्थ है, सेना के लिए बनवाया गया कोई विशाल पोखरा। सागर छोटे या मँझोले पोखरे का नाम नहीं होता। आजकल के उसके छोटे-से आकार को देखकर यह नाम मजाक-सा मालूम होता है। साधारण सागर नहीं, बल्कि दल सागर का पानी वर्षा के बीतने के कुछ हफ्तों बाद सूख जाता है। पर, सैयद अकरम के समय दलसागर काफी बड़ा पोखरा था जिसे लखनदेव के किसी पूर्वज ने अपनी कीर्ति अमर करने के लिए ही नहीं, बल्कि घोड़े-हाथियों की सेना के उपयोग के लिए खुदवाया था।

गर्मी का महीना था जिसमें आदमी, विशेषकर यात्री को सबसे प्रिय होता है जलाशय और उसका जल। उत्तर में बड्डउर (भद्रपुर, बड़ौरा) में एक ढकी डोली के साथ-साथ कुछ आदमी दक्षिण की ओर जाते दिखाई पड़े। दोपहरी इतनी तप रही थी कि दलसागर के करीब पहुँचकर वह उधर मुड़ने से अपने को रोक नहीं सके। कहारों की प्यास से बुरी हालत थी। शायद वह लोग काफी दूर से आ रहे थे और काफी दूर जाने वाले थे। दलसागर के पश्चिम वाले घाट पर कहारों ने डोली रख दी। साथ ही सरदार भी वहीं उतर पड़े।

आम की छाया सिर पर बहुत प्रिय लगती है। दलसागर में उतर कुछ लोगों ने हाथ-मुँह धोया और कुछ ने स्नान भी किया। खा-पीकर दोपहरिया बिता कर यहाँ से जाना चाहते थे। अभी खाने में हाथ ही लगे थे कि उनके पास चार प्यादे पहुँचे। आते ही उन्होंने कहारों से कहा—"डोली को कोट में ले चलो।" उसके बाद ही हाट से निकल कर कुछ और भी आदमी आ गए—हाट दल-सागर के पास तक बसी हुई थी। उन्होंने भी कहा—"हर डोले को एक रात के लिए कोट में जाना पड़ता है, यही सैयद साहब का हुक्म है।" ऐसा कहने वाले हिन्दू थे। उनमें से एक ने मुखिया सरदार (जो वर था) को अलग ले जाकर समझाया—"आपको इधर से नहीं आना चाहिए था। क्या सैयद के अत्याचारों का आपको पता नहीं था? अब आ गए, तो इसके सिवाय कोई चारा नहीं। अभी और भी सिपाही आ रहे हैं। हथियार लेकर इनका मुकाबला नहीं किया जा सकता। सैयद के राज्य के सभी हिन्दू ऐसा करके ही अपने प्राणों की रक्षा कर रहे हैं। आगे आपकी मर्जी।"

दूल्हा अपनी पत्नी का गौना लिवाये जा रहा था। वह सैयद के राज्य के बाहर दक्षिण में किसी जगह का रहने वाला था। उसे सैयद के अत्याचारों का पता नहीं था, नहीं तो ऐसी गलती हरगिज न करता। अपने साथियों से उसने सलाह की। मालूम हुआ, लड़ते हुए मरकर भी हम अपने सम्मान और धर्म की रक्षा नहीं कर सकेंगे। अब तक सैयद के कितने ही और प्यादे आकर डोली को घेर चुके थे। तरुण ब्राह्मणत्व के सम्मान को अपने प्राणों से बढ़कर समझता था। एक रात अपनी पत्नी को सैयद के कोट में रखकर वह कौन मुँह से अपने घर ले जाएगा? दूसरे चाहे वहाँ भेद न भी खोलें, लेकिन उसका मन कैसे इस अपमान को जीवन भर सह सकेगा। उसने प्यादों से कहा :

"हम आप लोगों के अधीन हैं। सैयद साहब से लड़ने की न हमारे पास शक्ति है और न हिम्मत। राजा लखनदेव उनसे लड़कर सफल नहीं हुए, तो हमारी क्या मजाल है? हम डोले को कोट में भेजने के लिए तैयार हैं। पर, नई दुल्हन है, उसको कुछ पता नहीं है। वह अकेली जाकर घबरा उठेगी और न जाने फिर क्या कर बैठेगी? इसलिए मुझे उसे समझा लेने भर की छुट्टी दीजिए।"

सैयद के आदमियों को इसमें क्या एतराज हो सकता था? वह डोले से हट गए और ब्राह्मण तरुण को अपनी पत्नी से बात करने की छुट्टी दे दी। डोली के पर्दे में बैठकर तरुण ने अपनी पत्नी को सारी स्थिति बतलाई और कहा कि तुम्हारे कोट में जाने से पहले मैं अपने पेट में कटार मार लेना चाहता हूँ।

पत्नी घबराई। सैयद के कोट में एक रात रहकर वह अपने पति के साथ सती होने के लायक भी तो नहीं रह जाएगी। उसने आँसू बहाते हुए, पर दृढ़ता के साथ कहा—"आपका कहना ठीक है। धर्म खोकर अपमान सहने से मर जाना अच्छा है। पर, मुझे भी धर्म खोने के लिए क्यों छोड़ते हैं? पहले मुझे खत्म कर दें, फिर अपने कटार मारें।"

पत्नी की छाती में कटार घुसेड़ कर उसी खूनी कटार को अपनी छाती में घुसड़ने में देर नहीं लगी। ब्राह्मण को न आते देख प्यादों ने डोले के पास पहुँचकर पुकारा। कोई जवाब न पा पर्दे को हटाया। देखा—वहाँ दोनों मरे पड़े हैं, उनकी छाती से अब खून की धार बह रही है।

सैयद के कोट में डोला नहीं जा सका। कर्नहट के लोगों में एक विचित्र उत्तेजना थी। हिन्दू आपस में इसके लिए इतना अफसोस कर रहे थे, जैसे उनके घर का आदमी मारा गया हो। वह दोनों तरुणों की धर्मनिष्ठा की प्रशंसा कर रहे थे। मुर्दों से सैयद का कोई काम नहीं था। कर्नहट के लोगों ने मूक संवेदना और सम्मान के साथ दोनों की लाशें एक चिता पर जला दीं। उनका आत्मोत्सर्ग ऐसा नहीं था कि वह भुलाया जाता। किसी ने दलसागर के उसी स्थान पर मिट्टी की दो छोटी-छोटी पिंडियाँ बनाकर रख दीं जो प्रति बरसात पिघल कर विकृत हो जातीं और बरसात के अन्त में कोई अज्ञात हाथ उन्हें फिर बना देता। सैयद के समय तक किसी की हिम्मत नहीं हुई कि वहाँ ऐसी पिंडियाँ बनाता जो एक बरसात से अधिक ठहर सकतीं। सैयद मर गया, उसके वंशज भी कर्नहट के कोट में नहीं रह गए, तब किसी ने बरम और बरमाइन के नाम से मिट्टी की दो बड़ी पिंडियाँ बना दीं। पहले लुक-छिपकर कोई मनौती के लिए दूध की धार दे जाता, अब वह खुलकर चढ़ने लगा।

कितनी ही सदियों बाद किसी ने उन पिंडियों के पास बरगद का पौधा लगवा दिया, जो पीछे बढ़कर एक बड़े वृक्ष के रूप में परिणत हो गया। दलसागर के किनारे के बड़ के नीचे इन दोनों पिंडियों को देखकर आज के कनैला के रहने वालों के दिल में सात शताब्दियों पहले की वह भीषण घटना जागृत हो जाती है। आज भी दूध चढ़ाने की मनौती मानी जाती है, लेकिन वह गाँव भर तक ही सीमित है। भूत भगाने और दूसरे चमत्कारों में दलसागर के बरम-बरमाइन ने कोई करामात नहीं दिखलाई इसलिए वहाँ कोई बड़ा स्थान नहीं बन सका। पिंडियाँ पहले ही की तरह अब भी मिट्टी ही की रह गईं हैं।

लेकिन, पूजा केवल इन्हीं दोनों पिंडियों की नहीं होती। कर्नहट का बाजार कब का विस्मृत हो चुका। सैयद के कोट के बहुत से भाग पर अब खेत हैं जो बहुत ही उपजाऊ माने जाते हैं। इन्हीं खेतों में, जैसा कि पहले बतलाया, पाँच-चार गज लम्बे-चौड़े छोटे टीले को कोट कहते हैं। यहाँ के नीम और झाड़ियों को इस शताब्दी के आरम्भ में कोई हानि पहुँचाने की हिम्मत नहीं करता था। कँटीली झाड़ियों के ऊपर लताएँ छाई हुई थी जिनमें मौसम के समय लाल-लाल पके बिम्ब के फल दिखलाई पड़ते थे। झाड़ी के भीतर दो-चार ईंटें थीं जो आकार से बहुत पुरानी नहीं कही जा सकतीं। सैयद अकरम की बैठक यहीं रही होगी। इन्हीं ईंटों को सैयद की कब्र या सैयद बाबा कहा जाता है जिस पर चूड़िहार और दूसरी मुसलमान जातियों के लोग ही घी-मलीदा नहीं चढ़ाते, बल्कि हिन्दू स्त्रियाँ भी पूजा करने जाती हैं। उनको विश्वास है कि सैयद बाबा मनोकामना जरूर पूरी करते हैं। कनैला के मथुरा पांडे ने इस शताब्दी के आरम्भ में सैयद की महिमा बढ़ाने में काफी हाथ बँटाया था। हो सकता है, उन्होंने अपने पूर्वजों का अनुसरण किया हो। वह गाँव के एकमात्र और प्रसिद्ध ओझा—सयाना—थे जिनके पास आश्विन नवरात्रि में आस-पास के भी कितने ही लोग—विशेष कर लुगाइयाँ—अपना दुःख दिखाने आती थीं। भूत भगाने में उनकी काफी ख्याति थी। उनके खेत सैयद के कोट के पास थे, इसलिए वह कितनी ही बार अपनी आँखों देखी बातें बतलाते—"आधी रात की चाँदनी में सैयद अपनी नीली घोड़ी पर चढ़कर निकलते हैं।

घोड़ी की हिनहिनाहट की आवाज दूर तक सुनाई देती है। फिर चारों ओर घूमकर कभी-कभी अपने भाई—मकरम—के पास मकरमपुर में मिलकर लौटते अपनी कोट में समा जाते हैं। मथुरा पांडे का कहना था, सैयद के सामने कोई भूत-बलाय नहीं ठहर सकती। सैयद के मुकाबले में वह महावीर जी को ही मानते थे। पर उनका कहना था—"सैयद थूकता है, तो उससे भ्रष्ट होने के डर से महावीर जी भी हट जाते हैं।"

जो भी हो, आज सैयद वह सैयद नहीं रहे जिन्होंने लखनदेव को परास्त किया था और दलसागर-कांड को रचा था। आज हिन्दू और मुसलमान दोनों उनकी पूजा होड़ करते हैं। बरम-बरमाइन भी पूजे जाते हैं, लेकिन उनके पूजक केवल हिन्दू हैं।

नरमेध

(1550 ई.)

मुस्लिम शासन-काल में वर्तमान उत्तर प्रदेश और बिहार को खंड-प्रलयों से अनेक बार गुजरना पड़ा था। तेरहवीं शताब्दी तो खूनी शताब्दी थी। चौदहवीं शताब्दी में भी शान्ति नहीं मिली थी। इस समय गंगा की दोनों तरफ के प्रदेशों में अनेक बार खून की होली मचती रही। कितनी ही बार गाँव उजड़े। चौदहवीं शताब्दी से पहले गोरखपुर जिले और तराई के भू-भाग मुस्लिम आक्रान्ताओं की पहुँच से दूर के इलाके समझे जाते थे। बदायूँ जिले का बिसौली कस्बा दुनियाँ का अन्त माना जाता था, अर्थात् कुछ शताब्दियों तक तुर्क-साम्राज्य वहाँ से आगे नहीं बढ़ सका था। कुछ ऐसी ही बात गोरखपुर जिले की भी थी। पर, बकरी की माँ कितने दिनों तक खैर मनाती। वहाँ भी गाँव उजड़े। हाँ, अक्सर यह हुआ कि छोटी जाति के लोग उस भीषण झंझावात में भी अपने गाँवों में ही डटे रहे। वह स्वत्वहीन अकिंचन थे। उनके पास लुटने के लिए क्या धरा था? विद्रोह भी उनकी ओर से नहीं, बल्कि बड़ी जाति वालों की ओर से था, जिन्हें उसका फल भी भोगना पड़ता था। अपनी आय के लिए राज्य उन्हीं पर विश्वास करने को मजबूर था, इसलिए भूमि उन्हीं के हाथ में रहती थी। 1388 ई. में फीरोज तुगलक के शासन के अन्त के साथ दिल्ली की तुर्क सल्तनत बिखरने लगी। विशाल साम्राज्य के कई टुकड़े हो गए जिनमें उत्तरी भारत के बहुत बड़े भाग पर जौनपुर की सल्तनत भी थी।

यहाँ तुगलक राज्यपाल के भाई इब्राहीम शर्की (1400-48 ई.) ने अपने को स्वतंत्र घोषित किया। पश्चिम में बुलन्दशहर से लेकर पूर्व में मिथिला तक शर्की सुल्तान इब्राहीम का अधिकार था। आजमगढ़ तो बिलकुल राजधानी के पास का भू-भाग था और उसके बाद गोरखपुर था। शर्की स्वदेशी सल्तनत थी। वहाँ के सुल्तानों ने जनता—जो अधिकांश हिन्दू थी—के बल पर शासन कायम किया था, इसलिए इस काल में इस भू-भाग को अधिक शान्ति के साथ जीवन बिताने का मौका मिला। सोलहवीं सदी के आरम्भ के साथ यह विशाल भू-भाग आपस में लड़ते शासकों के हाथ में बँट गया, जिनको खत्म कर एकता और शान्ति स्थापित करने का काम बाबर (1526 ई.) ने किया। सोलहवीं सदी के पूर्वार्द्ध में मुगलों का एकछत्र राज्य बहुत दूर तक कायम हो गया था, लेकिन सामन्तों की आपसी लड़ाइयाँ अकबर के काल में भी बिलकुल बन्द नहीं हुई। हम सोलहवीं सदी के मध्य की घटना बताने जा रहे हैं जबकि आजमगढ़-गोरखपुर के जिले शेरशाह या उसके पुत्र सलीमशाह के शासन में थे।

1

गोरखपुर जिले का मलाँव गाँव बहुत प्राचीन मालूम होता है। आँव ग्राम का ही प्राकृत और अपभ्रंश रूप है। इस प्रकार मुस्लिम शासन से बहुत पहले मल्लग्राम मौजूद था। बुद्धकाल में यह भू-भाग मल्लों के 9 गणराज्यों में से किसी एक में था। पर, यह क्षत्रिय ग्राम न होकर ब्राह्मण ग्राम था। मल्ल नाम का गुण यहाँ के निवासी ब्राह्मणों में काफी मिलता था। वह विद्या में उदासीन नहीं थे, पर ज्ञान से भी अधिक बल पर उनका विश्वास था। विद्याविहीन रह भी नहीं सकते थे, क्योंकि गहड़वार-वंश (सम्भवत: गोविन्दचन्द 1114-55 ई.) ने ब्राह्मणों को पंक्तिबद्ध कर कुलीनता की स्थापना की थी। पंक्तिबद्ध ब्राह्मण विद्या और कर्मकांड में आगे बढ़े रहें, इसके लिए बहुत से ग्राम दान दे, जीविका की ओर से उन्हें निश्चिन्त कर दिया। बारहवीं शताब्दी के मध्य में स्थापित की हुई पंक्ति-व्यवस्था आज भी बिलकुल लुप्त नहीं हुई है और हजार

के करीब पंक्ति-परिवार अब भी बहुत-सी पुरानी रूढ़ियों का पालन कर रहे हैं। जिस समय की यह घटना है, उस समय मलाँव के पाँड़े पंक्तिबद्ध थे।

मलाँव के पाँड़े अपने भुजबल पर ही अपना प्रभुत्व ही नहीं, अस्तित्व को भी कायम रख सकते थे। इनके पूर्वजों को ब्रह्मक्षत्र कहा गया था। इन्हीं गुणों के कारण शिवदत्त पाँड़े जहाँ अपनी विद्या और अपने छात्रों की योग्यता के लिए प्रसिद्धि रखते थे, वहाँ गेल्हई पाँड़े का अखाड़ा भी दूर तक ख्याति रखता था। एक ओर कितने ही विद्यार्थी सवेरे ही स्नान करके अपने पाठ को दोहराने और नये पाठ के पढ़ने में लग जाते, तो ऐसे तरुणों की संख्या और भी अधिक थी जो गेल्हई पाँड़े के अखाड़े में दंड-बैठक और कुश्ती करते थे। हरेक पाँड़े-पुत्र हथियार बन्द होता था, उसे उस समय के लिए हथियारों को चलाने का अभ्यास करना पड़ता था। पलीते वाली बन्दूकें अभी-अभी देश में आई थी, उन्हें भी वे चलाना जानते थे।

पाँड़े लोग मलाँव के अतिरिक्त कई गाँव के स्वामी थे। राप्ती के दाहिने किनारे पर दूर तक उनका इलाका था। उन्हें अपने हाथ से खेती करने की जरूरत नहीं थी। छोटी जाति के लोग सारा काम करते और पाँड़े-स्वामी समय-समय पर खेती की देख-भाल कर लेना भर अपना काम समझते थे। आबादी कम थी, गाँव भी दूर-दूर पड़ते थे। चारों ओर जंगल की इफरात थी, इसलिए भैंसों और गायों का पालना आसान था। मल्ल-पहलवान के लिए दूध-घी की अधिक आवश्यकता होती। मलाँव में उस समय तो मानो दूध-घी की नदियाँ बहती थीं। यदि मलाँव के ब्राह्मण-तरुण कोई हलाल की कमाई खाते थे, तो इसी पशुपालन की। वह स्वयं भी अपने पशुओं के रेवड़ों में चरवाही करने जाते। गहड़वारों ने पंक्ति-मर्यादा बाँध कर ब्राह्मणों के कर्मकांड को पुनः स्थापित करते हुए उन्हें निरामिष रहने के लिए बाध्य नहीं किया था। यह हो भी नहीं सकता था, क्योंकि सारी ब्राह्मण-परम्परा मांस-भक्षण के पक्ष में थी। यज्ञों की प्रधानता में हवन के लिए पशुओं के मांस की आवश्यकता पड़ती थी। जब उसका स्थान देवी-देवताओं की मूर्तियों और उनकी पूजा ने लिया, तो बलि-पशुओं की जरूरत अनिवार्य थी। पंक्ति-ब्राह्मण आज भी

अभिमान से कहते हैं—जिसके घर के अगवाड़े-पिछवाड़े हड्डी नहीं, वह पंक्ति-ब्राह्मण कैसा? मलाँव के पाँड़े जन्मजात योद्धा थे। उनकों शिकार का शौक होना स्वाभाविक था।

आपस में सगे भाइयों का भी झगड़ा हो जाता है। मलाँव के ब्राह्मणों में यदि ऐसा हो, तो कोई अचरज की बात नहीं। पर, बाहरी शत्रुओं के सामने उन्होंने कभी अपने भीतर के झगड़े को सामने आने नहीं दिया। उनको अपने कुल और ग्राम का अभिमान था। उन्होंने अपनी आन की रक्षा के लिए प्राणों को तुच्छ समझा। राप्ती पार डोमिनगढ़ (गोरखपुर के पास) में डोमकटार राजपूतों का राज्य था। कहते हैं, दसवीं शताब्दी के अन्त में थारू लोगों का यहाँ शासन था जिनका उच्छेद करके डोम कटारों ने अपना प्रभुत्व स्थापित किया। थारू मंगोलायित किरात जाति के हैं। आज वह गोरखपुर से पचासों मील उत्तर हिमालय की तराई में ही मिलते हैं। पर, पुराने युग में, खास कर लौह-युग में वह अवश्य गंगा के किनारे तक रहते थे। हिन्दू-काल में भी डोमकटार गहड़वारों के सामन्त ही रहे होंगे, पर उनका प्रभुत्व सामन्त के तौर पर तब भी था और मुस्लिम-काल में भी अपने बढ़े हुए वंश के सहारे अपनी प्रधानता को उन्होंने कायम रक्खा। डोमकटारों और मलाँव के ब्राह्मणों की बराबर ठनी रहती थी और दोनों में से कोई दबने के लिए तैयार नहीं था।

डोमिनगढ़ से वाराणसी का रास्ता मलाँव के पास से जाता था। डोमिनगढ़ वहाँ से छह-सात कोस से अधिक दूर नहीं था। एक दिन संध्या के समय मलाँव के आमों के बाग में कितने ही तम्बू और शामियाने पड़े थे, घोड़े और हाथी बँधे हुए थे। मालूम हुआ, डोमिनगढ़ की रानी तीर्थ करने के लिए वाराणसी जा रही हैं। मलाँव वालों की प्रतिद्वंद्विता भले ही रही हो, लेकिन पड़ोस के राजा की पत्नी के साथ आदर-भाव दिखलाना वह जरूरी समझते थे। रानी से किसी ने कहा, मलाँव के एक कुएँ का पानी पीने से बंध्या पुत्रवती हो जाती है। वीर सन्तान पैदा करने के लिए उसका जल प्रसिद्ध है। रानी को कोई सन्तान नहीं थी। स्त्री सन्तान की भूखी होती ही है। रानी ने अपने आदमियों से कहा

कि उस कुएँ से एक घड़ा पानी ले आओ। बिलकुल मामूली-सी बात थी। लेकिन, पाँड़े लोग अपने इस कुएँ को परम पवित्र समझते थे और उसके एक बूँद जल को भी किसी दूसरे को देना पसन्द नहीं करते थे। उन्होंने दूसरे कुएँ से जल ले जाने के लिए कहा, लेकिन रानी के आदमी भी राज का मद रखते थे। वह इस तरह कैसे टाले जा सकते थे? कहा-सुनी हो गई। शायद किसी पाँड़े तरुण का खून गरम हुआ और उसने आदमी को दो चपत लगा दी, साथ ही रानी और राजा को भी उल्टी-सीधी बातें सुनाई। बात ग्रामवृद्धों के हाथ से बाहर की हो गई। रानी के परिचारक खाली घड़ा लिए डेरे में लौट गए। शायद वृद्धों ने कुछ समझाने की कोशिश भी की। रानी उस रात बगीचे में रह गई।

पुत्र-प्राप्ति की एक बड़ी आशा पर पानी फिर गया और ऊपर से भारी अपमान हुआ था। रानी खून का घूँट पीकर अगले सवेरे वाराणसी की ओर चली और कुछ समय बाद यात्रा पूरी करके डोमिनगढ़ लौट आई। राजा को पहले ही दुर्घटना की खबर मिल गई थी। रानी ने आँसू बहाते हुए अपने अपमान की कथा दुहरायी। राजपूत के लिए यह चुल्लू भर पानी में मर जाने का मौका था। डोमकटार अपनी कट्टरता के लिए प्रसिद्ध थे। उन्होंने अपमान का बदला लेने का निश्चय कर लिया। पर, मलाँव के ब्राह्मण भी भीख माँगने वाले पुरोहित नहीं थे। उनको भी अपने हथियारों का अभिमान था। यदि राजा ने नम्रता से काम लिया होता, तो सम्भव है, वह अपनी भूल मानने और क्षमा माँगने के लिए तैयार हो जाते। अब सवाल मूँछों का था।

2

सावन का सुहावना मौसम चल रहा था। कुलवधुएँ और कुलकन्याएँ झूला झूल रही थीं। उनके मधुर कंठ से निकले सावन के गीतों ने सारा ग्राम मुखरित कर दिया। आधी रात तक ग्राम संगीतमय बन जाता। अबकी आम खूब फले थे, अब उनमें फल कहीं ही रह गए थे। आमों की बहार को गाँव अभी भूला नहीं था। वर्षा के कारण सारी भूमि हरियाली से ढकी थी।

राप्ती (अचिरवती) हिमालय से आने वाली नदी है और उसी के कारण प्राचीन काल में उसे उत्तरी भारत की पाँच महानदियों—जमुना, गंगा, सरयू, अचिरवती, मही (गंडक)—में गिना गया। पर, दूसरी चार महानदियों की तरह राप्ती हिमालय की किसी सनातन हिमानी से नहीं निकलती। वह निचले पहाड़ों से आरम्भ होती है और उसको जल अधिकतर वर्षा या भूमिस्थ स्रोतों से प्राप्त होता है। तो भी मलाँव के पास वह काफी बड़ी नदी है और वर्षा में चंडी का रूप धारण कर लेती है। मलाँव कितनी ही बार राप्ती की गोद में गया, लेकिन गाँव वालों ने उस किनारे को नहीं छोड़ा। अब भी उसके कारण दो-एक परित्यक्त ध्वंसावशेष मिलते हैं। भूमि की उर्वरता भी तो आखिर राप्ती की देन थी, इसलिए ऐसी माता को छोड़कर लोग कैसे दूर हट सकते थे?

सावन के महीने में बहुत से त्योहार होते हैं। नागपूजा के अवशेष के रूप में अनन्तचतुर्दशी भी उन्हीं में से एक है। यद्यपि आजकल नागपंचमी का सम्बन्ध नागपूजा से और अनन्तचतुर्दशी का सम्बन्ध विष्णु से जोड़ा जाता है; पर, दाहिनी बाँह पर जो सूत्र या चाँदी-सोने की अनन्त पहनी जाती है, उसकी आकृति नाग-सी ही रहती है और शेषनाग का नाम भी अनन्त है। मलाँव के ब्राह्मण भी दूसरे लोगों की तरह अनन्त का व्रत रखते, धूम-धाम से पूजा करते थे। बल्कि कहना चाहिए, अनन्तचतुर्दशी के प्रति उनका अधिक पक्षपात था। उस दिन सारे हथियार साफ करके सजाए जाते, उनकी पूजा होती। पूजा के पहले मध्याह्न में सारे गाँव के लोग राप्ती में स्नान करने जाते।

गाँव भर में अनन्त की धूम मची हुई थी। घर-घर में धनुष, बाण, खड्ग, पलीते की बन्दूकें और दूसरे हथियार सजाए गए थे। उस दिन हथियार को इसी तरह घरों में रख दिया गया था। कोई पुरुष गाँव में नहीं था, सारे राप्ती के घाट पर थे। छोटे-बड़े पहलवान राप्ती में यों ही तैरते जल-क्रीड़ा कर रहे थे। विद्या पढ़े लोग जल के भीतर खड़े होकर तर्पण और प्राणायाम कर रहे थे। वह पूर्ण विश्राम का समय था, इसीलिए किसी को जल्दी नहीं थी। आज वर्षा भी नहीं हो रही थी, यद्यपि आकाश में बादल दिखलाई पड़ते थे और पूर्व की ओर काली घटा का भी आरम्भ हो रहा था।

मध्याह्न का समय था। इसी समय ऊपर और नीचे से कितनी ही नावें आती दिखाई पड़ी। लोगों का ध्यान उधर अच्छी तरह आकृष्ट भी नहीं हुआ था कि सन-सनाते हुए वाण और गोलियाँ छूटने लगीं। लोग इसकी आशंका भी नहीं करते थे। सभी निहत्थे थे। उन्होंने गाँव की तरफ दौड़कर अपने हथियारों के पास पहुँचना चाहा। पर, उधर भी दुश्मन की दीवाल खड़ी थी। डोमकटार राजा ने अपनी रानी के अपमान का बदला लेने का पक्का निश्चय कर लिया था। उसने अपमान का जिक्र भी नहीं होने दिया था, क्योंकि उससे पाँड़े लोग सजग हो जाते। मलाँव वालों ने समझा, उस दिन की दुर्घटना बच्चों का खेल समझ कर भुला दी गई। एक तरफ बड़ी भारी संख्या में हथियारों से लैस दुश्मन पूरी शक्ति के साथ हथियार चला रहे थे और दूसरी तरफ शारीरिक शक्ति से सम्पन्न होते भी निहत्थे लोग थे। किसी के पास यदि था, तो लोटा या छोटा-मोटा घड़ा। क्या मुकाबिला होता? मलाँव की तरुण-राशि घास मूली की तरह पक-दो घंटे में काटकर रख दी गई। यदि किसी ने दुश्मन के हथियार को छीनने में सफलता पाई, तो उसने अपना पराक्रम दिखलाया, पर उससे भवितव्यता को बदला नहीं जा सकता था। डोमकटार राजपूत थे और मलाँव वाले ब्राह्मण। ब्रह्महत्या हिन्दू के लिए सबसे बड़ा पाप है। पर, शत्रु कभी भी ब्राह्मण के नाम से नहीं बच पाया, महाभारत के द्रोणाचार्य उदाहरण हैं। राजा स्वयं अपने योद्धाओं का संचालन कर रहा था। नदी के किनारे के सभी लोग मार डाले गए। इसके बाद उसने अपने लोगों से कहा—"पाँड़े-वंश का एक भी बच्चा जीता न छोड़ो। शायद स्त्री के गर्भ में कोई सन्तान हो, इसलिए किसी स्त्री को भी जीवित मत रक्खो।" नंगी तलवार लेकर अब निरीह अबलाओं, बालकों वृद्धों के ऊपर वह टूट पड़े। कुछ ही समय में मलाँव ब्राह्मणवंश में एक भी जीवित व्यक्ति नहीं रह गया। लाशें सड़ती, दुर्गन्ध फैलाती, इसलिए उन्हें कुओं में डाल दिया गया। जिस कुएँ से डोमकटार रानी को पानी नहीं लेने दिया गया था, उसको ऊपर तक लाशों से भरकर मिट्टी से पाट दिया गया।

राजा को यह ख्याल जरूर हुआ होगा कि इस ब्राह्मण-नरमेध का फल भोगने से वह बच नहीं सकता। पर, उसे इसका सन्तोष था कि शत्रु के कुल में उसने किसी को रोने के लिए भी नहीं छोड़ा। मलाँव के ध्वंस के साथ उसके हाथ के गाँव और सम्पत्ति डोमकटारों के हाथ में चली गई। वह राप्ती के दोनों तरफ के स्वामी बन गए। पाँड़े लोगों के आश्रित लोग अनाथ होकर दूसरे गाँवों में चले गए, भर और कुछ दूसरे हरिजन भी अपनी झोपड़ियों में नहीं रह गए। सूनी पड़ी हवेलियाँ मरम्मत बिना दो-चार बरसातों में भूमिसात् हो गई। मलाँव एक निर्जन डीह के रूप में परिणत हो गया। उस पर पेड़ जमने लगे।

3

महाभारत में कौरव-पांडव कुल का एक तरह बिल्कुल संहार हो गया था, लेकिन अभिमन्यु की पत्नी उत्तरा के गर्भ में परीक्षित रूप में एक अंकुर बच रहा था जिसने पांडव वंश को नष्ट होने से बचाया। ठीक यही बात मलाँव में हुई। राजेन्द्रदत्त पाँड़े की पत्नी नरमेध के समय अपने पीहर (प्रतापगढ़ जिले) में थीं। इसलिए उनके प्राण बच गए और उनके गर्भ में पले अहिरुद्ध मलाँव के पुनः वंश-संस्थापक बने। अहिरुद्ध ननिहाल में पलते रहे। उन्हें अपने कुल के संहार की खबर लग चुकी थी। ननिहाल वाले बच्चे को मलाँव भेजने को तैयार नहीं थे। लेकिन, होश सँभालने के बाद अहिरुद्ध अपने कुलग्राम को भूल नहीं सकते थे। बीस-पच्चीस वर्ष के होने के बाद वह एक दिन मलाँव पहुँचे। वहाँ क्या था? सारे मकान गिर चुके थे, दीवालें भी मुश्किल से कहीं खड़ी दीख पड़ती थीं। जहाँ लोगों का रात-दिन मेला लगा रहता था, वहाँ जंगल लग गया था जिसमें सियारों और लोमड़ियों ने अपनी माँदे बना ली थीं, जंगली सूअर भी रहने लगे थे। कोई आदमी नहीं था जो गाँव के बारे में कुछ बतलाता। अहिरुद्ध ने वहीं डेरा डाल दिया और अपने कुल देवता से प्रार्थना की—"यदि हमारा कोई कुल का देवता है, तो मुझे अपने गाँव की सीमा निर्धारित करने में मदद करे।" मलाँव के पाँड़े लोगों के इष्ट देवता मलकवीर

विष्णु की तरह वराह बनकर सामने आए। (मलकवीर को कहीं-कहीं नरसिंह वीर भी कहते हैं)। आज भी सूअरहा नाम से प्रसिद्ध स्थान को दिखलाया जाता है, जहाँ मलकवीर एक विकराल सूअर के रूप में प्रकट हुए। उन्होंने घूमकर मलाँव की प्राचीन सीमा को निश्चित करा दिया। इस सहायता के प्रति कृतज्ञता प्रकट करते हुए आगे नियम बना दिया गया कि हर पुरुष सन्तान के पैदा होने पर कुलदेवता को एक सूअर का छौना चढ़ाया जाए। यह पूजा उसी साल चढ़ाई जाती जिस साल घर में कोई मरा न होता। पूजा का दिन श्रावण शुक्ला सप्तमी के बाद वाला मंगल है। पूजा से कुछ रोज पहले चावल के घोल का थापा दीवाल पर बनाया जाता है जिसमें 'जिवता-जिवती' (अनेक मुंड वाले स्त्री-पुरुष) का भद्दा-सा चित्र बनाया जाता। एक-एक छौने पर दो-दो जौ की पूरन-पूरियाँ बनाकर देहली के बाहर जोड़े-जोड़े से सजा दी जातीं। वहीं छौने को काटकर गिरे खून को द्वार की बगल में धरती में गाड़ दिया जाता। घर में मृत्यु होने पर बलि से छुट्टी नहीं मिलती, बल्कि पीछे बाकी लगे बलिदान को गिनकर दिया जाता।

डोमकटारों से अहिरुद्र को न मुकाबला करना पड़ा, न बदला लेने की जरूरत हुई। पिछले बीस-पच्चीस वर्षों में राजा को बुरे दिन देखने पड़े, इसे ब्रह्महत्या का दंड समझा गया। जो भी हो, परम्परा नरमेध से प्रतिशोध के बारे में मौन है। अहिरुद्र के दो पुत्र—गेल्ही और गयाधर हुए, जिनका वंश बढ़कर सैकड़ों गाँवों में फैल गया।

4

यह मानना मुश्किल है कि मलाँव के हत्याकांड के कारण पाँड़े लोगों की एक ही सन्तान बच रही थी। आखिर सांकृत्य गोत्री पाँड़े सोलहवीं सदी से पहले और बहुत से गाँवों में रहते थे जो मारे नहीं गए। अपने मूल ग्राम पर जोर देने का मतलब यह समझा जाता है कि सभी मलाँव के पाँड़े उसी एक मात्र अवशिष्ट व्यक्ति की सन्तान हैं। गयाधर अहिरुद्र के छोटे लड़के थे। पंक्ति-नियम के जरा भी उल्लंघन करने पर कुलीनता से आदमी को वंचित होना पड़ता।

गयाधर की पहली पत्नी पंक्तिकन्या थी जिससे प्रभाकर पुत्र पैदा हुए। प्रभाकर की सन्तानें मलाँव के पास नाउर-देउर गाँव में अब भी मौजूद हैं और वह अर्ध-पंक्ति मानी जाती हैं—उनकी कन्याएँ पंक्तियों में ब्याही जाती हैं और लड़के पंक्तिहीनों में। लड़की ब्याह हो जाने के बाद फिर अपने घर में किसी का छुआ पानी भी नहीं पी सकती। गयाधर यक्ष्मा या किसी दूसरे असाध्य रोग में ग्रस्त हुए। बहुत चिकित्सा की, लेकिन कोई लाभ नहीं हुआ। मीठाबेल ग्राम के दूबे बड़े भारी वैद्य माने जाते थे। उन्होंने देखकर बतलाया कि अगर तुम मेरी कन्या से ब्याह कर लो, तो मैं तुम्हारा रोग अच्छा कर दूँगा। किन्तु पंक्ति से च्युत होना, अपने पंक्ति रक्ति-सम्बन्धियों से सम्बन्ध-विच्छेद करना गयाधर को कैसे पसन्द आ सकता था? मरना निश्चय है, समझ कर उन्होंने काशी-वास करने का संकल्प किया। पर, प्राणों को वह इतना तुच्छ नहीं समझते थे और मलाँव से उठे उनके पैर मीठाबेल पहुँच गए। वैद्य ने अपनी कन्या से ब्याह कर दिया। चिकित्सा से दामाद रोगमुक्त हो गए। पंक्तिहीन होकर गयाधर ने फिर मलाँव जाना पसन्द नहीं किया और वह वाराणसी की ओर चल पड़े। उस समय सरयूपार (गोरखपुर-देवरिया जिलों) के पंक्तिबद्ध ब्राह्मणों का ही दूसरी जगह अधिक सम्मान नहीं था, बल्कि वहाँ के पंक्तिहीन भी दक्खिन के लोगों के लिए कुलीन थे। गयाधर कुल से श्रेष्ठ होने के साथ विद्वान् भी थे। बनारस की ओर जाते वह आजमगढ़ के जाठी गाँव में किसी भूमिहार के यज्ञोपवीत में सम्मिलित हुए। वहीं पुरोहित दुर्गा पंडित से परिचय हो गया। गयाधर की अपंक्ति पत्नी मीठाबेल में थीं। कुलीन ब्राह्मण को कन्यादान देकर दुर्गा पंडित ने पुण्य लूटना चाहा और उसने अपनी लड़की शादी कर दी। इससे गयाधर की पाँच सन्तानें हुईं। आज भी रानीपुर, बड़ौरा, टाड़ी, दिलमनपुर, डीहा, जलालपुर आदि गाँवों में उनकी सन्तानें फैली हुई हैं। गयाधर ने यहीं बस जाने का निश्चय किया, क्योंकि गोरखपुर की अपेक्षा इधर बहुत-सी गैर-आबाद भूमि पड़ी हुई थी।

यह अकबर के शासन के अन्तिम वर्ष थे। राजनीतिक शान्ति के कारण नये गाँव और बस्तियाँ आबाद हो रही थीं। शाही शासक गाँवों का बन्दोबस्त

मातबर आदमियों के हाथ कर रहे थे। गयाधर पाँड़े को इस प्रकार चक्रपानपुर का बड़ा गाँव मिला। उनकी चार पीढ़ी चक्रपानपुर ही में बीती। गयाधर के पुत्र प्राण और पौत्र सूगा की तीसरी पीढ़ी में इच्छा पाँड़े औरंगजेब के शासन के अन्त के समय अठारहवीं सदी के आरम्भ में हुए। छह पीढ़ियों में अब सन्तानें भी काफी बढ़ गई थीं। इच्छा पाँड़े ने देखा, पास का गाँव कनैला बे-मालिक का खाली पड़ा हुआ है। बे-मालिक का अर्थ यह नहीं कि वहाँ कोई आबादी नहीं थी। पहले के भर, चमार आदि भी वहाँ रह रहे थे। वहाँ दर्जी, धुनिया जैसे हिन्दू से मुसलमान हुई शिल्पी जातियों के भी कितने ही घर थे। सम्भव है, अहीर और कोयरी भी पहले से वहाँ मौजूद थे। यही लोग खेतों को जोतते थे। खेतों को इन्हीं के बल पर आबाद किया जा सकता था। पर, शासक आशा नहीं रखते थे कि उनसे मालगुजारी ठीक से मिल जाया करेगी। इच्छा पाँड़े ने राजदरबार में पहुँचकर कनैला को अपने हाथ कर लिया, छोटी जात वाले लोगों को उनका हुकुम बजा लेने के लिए तैयार होना पड़ा। उस समय हरेक धनाढ्य ग्रामपति को सुरक्षित कोट में रहना पड़ता था। इच्छा पाँड़े का कोट ईंट चूने का गढ़ नहीं, बल्कि मोटी दीवारों (प्राकार) से घिरी हवेलियों का समूह था। आस-पास के दुश्मन किसी भी समय उन्हें दबा सकते थे। जिसकी लाठी उसी की भैंस का युग तो था ही, इसलिए अपनी लाठी मजबूत रखना बहुत जरूरी समझा जाता था। इच्छा पाँड़े के तीन पुत्र हुए। उनके पौत्रों और प्रपौत्रों के समय पड़ोसियों-पूर्व में धनारबाँध और दक्खिन में उमरपुर के राजपूतों से बहुत संघर्ष रहा। पूर्व के विरोधियों को लाठी के बल पर उन्होंने आगे बढ़ने नहीं दिया, पर दक्खिन वाले बैस राजपूतों ने कनैला की बहुत-सी उपजाऊ धान की भूमि पंच को रिश्वत देकर अपने हाथ में कर ली। तो भी इच्छा पाँड़े ने जितनी भूमि अपने हाथ में की थी, वह इतनी अधिक थी कि आज आठवी पीढ़ी में भी कनैला वाले पाँड़े ब्राह्मणों को भूमि की कमी की शिकायत नहीं हो सकती।

देखने से मालूम होगा कि कनैला का आरम्भ इच्छा पाँड़े के साथ अठारहवीं सदी के दूसरे पाद में होता है। पर वहाँ की धरती के ऊपर भी ऐसे

चिह्न हर जगह मौजूद हैं जिनसे मालूम होता है कि इच्छा पाँड़े से हजारों वर्ष पहले वहाँ लोग रहते थे और अच्छी स्थिति में। इच्छा पाँड़े की कोट से थोड़ी ही दूर पश्चिम से हटकर अवस्थित बड़ी पोखरी को मौर्यकाल में बनाया गया था। गाँव के रबी के खेतों में से अधिकांश पुरानी आबादी के ऊपर अवस्थित हैं जहाँ पुराने कुओं, मिट्टी के बर्तन के खंडों और दूसरी चीजों की भरमार देखी जाती है। कर्नहट ही शायद इसका पुराना नाम था। कनैला, कनैल के जंगल के कारण नाम पड़ा। कर्नहट के पुराने लोग आज के लोगों से कहीं अच्छी तरह रहते थे, यह वहाँ मिलने वाली एक मेखला वाली ईंट की बँधी कुइयाँ बतलाती है जो वस्तुत: पानी पीने की कुइयाँ न होकर पाखाने के संडास थे।

धरती अपने भीतर कितने रहस्य छिपाए हुए है। आज का आदमी दूर तक देखने की कोशिश करने पर भी बहुत थोड़ी ही दूर तक जा सकता है। आज के निवासी उतनी दूर की उड़ान नहीं भर सकते जितनी उड़ान कनैला की धतरी को भरनी पड़ी। जिसके नाम गाँव हो, वही अपने को उसका मालिक समझता है। उस गाँव में उससे चाहे पचासों पीढ़ियों पहिले से रहने वाले लोग मौजूद हों, पर उनकी कोई गिनती नहीं। किसी समय ब्राह्मण से कम संख्या भर लोगों की नहीं थी। आज भी भर, चमार, चूड़िहार, दर्जी, अहीर, कहार आदि जातियाँ आधे से अधिक हैं। कनैला के प्राचीन इतिहास का परिचय ब्राह्मणों से उतना नहीं मिल सकता जितना कि इन जातियों से। शताब्दियों से इतिहास उनकी उपेक्षा करता आया है। पर, यह उपेक्षा सदा नहीं रह सकती थी।

सन् '57

(1857 ई.)

मुगलों का राज्य छिन्न-भिन्न हुआ। उसी जगह लखनऊ, मुर्शिदाबाद, हैदराबाद आदि की नवाबियाँ कायम हुईं। मराठे और सिक्ख भी सत्ता हथियाने के लिए खड़े हुए। सब आपस में कटने-मरने लगे। अहमदशाह अब्दाली को बुलाया गया, लेकिन वह दिल्ली लूट भर सकता था, वहाँ पठान सल्तनत कायम करने का बूता उसमें नहीं था। फिरंगी इस मौके से चूकने वाले नहीं थे और वह मद्रास, कलकत्ता में अपना पासा फेंक रहे थे। जिला आजमगढ़ लखनऊ (अवध) के नवाब के हाथ में था। जौनपुर के शासन की अब धूमिल-सी स्मृति रह गई थी। नवाबी शासन बहुत कुछ मनमानी-घरजानी शासन था। जिन्हें उससे लाभ था, वह उसके लिए खैरियत मानते थे। इस शताब्दी के आरम्भ के वृद्ध लोग फैजाबाद जिले के बारे में कहा करते थे : वहाँ खलिहान में अनाज होते ही गंज पर निशान लगाकर सहना (सिपाही) बैठा दिया जाता था कि जब तक मालगुजारी बेबाक न कर दी जाती, तब तक अनाज के दाँवने-माँड़ने का काम शुरू नहीं होने पाता था। आजमगढ़ '57 से बहुत पहले 1801 में नवाब के हाथ से निकलकर अंग्रेजों के हाथ में चला गया था। लूट-खसोट वहाँ भी कम नहीं थी, किन्तु नवाबी से कम ही—अंग्रेजों की लूट बड़े सूक्ष्म रीति से होती थी।

सिसवा (शिशपा) शायद मुस्लिम शासन की दूसरे शताब्दी में अपना महत्त्व खो चुका था। कर्नहट (कनैला), नरहता, चकरपानपुर, खुदवल, डीहा,

बछवल, सिसवा आदि कितने ही गाँव तक फैला वह नगर अब छिन्न-भिन्न होकर छोटे-मोटे गाँवों में बँट गया है। माली, बरई (तमोली), सोनार, हलवाई यह ऐसी जातियाँ हैं जिनका नगर और मकुट (मऊ, लघुनगर) से ही अधिक सम्बन्ध है। नगर के ध्वस्त होने पर बड़े और महत्त्वपूर्ण गाँवों में वह बसी रहती हैं। शिशपा पुरी के स्थान पर आए गाँवों में चकरपानपुर और बछवल ही ऐसे हैं, बछवल विशेष कर। खुदवल यद्यपि बछवल के जोड़े का मंगई के दूसरे पार बसा हुआ गाँव है, पर उसका कोई महत्त्व नहीं।

सिसवा का महत्त्व बहुत घट गया। वह मौर्यकाल से गुप्तकाल की कुछ शताब्दियों बाद तक एक अच्छा-खासा सामन्त नगर था, उसे स्थल और जल के वाणिज्य-यातायात प्रशस्त थे। अब वह बहुत पिछड़ा हुआ स्थान बन गया था जहाँ पहिये वाली बैलगाड़ी का भी जाना मुश्किल था। ऐसी जगहों में बाहर से सरकारी अफसरों, व्यापारियों या आर्थिक जीवन के स्तम्भ दूसरे लोगों का आना नहीं होता। अंग्रेजी शासन नये यातायात के रास्तों के निकालने की ओर ही ध्यान देता था। प्राचीन शिशपा नगरी से कोई भी रेल-स्टेशन आठ-दस मील से कम नहीं पड़ता था। कोई पक्की-कच्ची सड़क वहाँ नहीं जाती थी। इससे बाहर दुनिया की खबर यहाँ के लोगों के पास यदि न पहुँचे, तो अचरज क्या?

प्राग्-आर्य जातियों में भर जाति बहुत महत्त्व रखती है। मुसलमानों के शासन के पहले कितनी ही जगहों पर भर लोगों का राज था। आज भी इनका एक वर्ग राजभर के नाम से प्रसिद्ध है। राजभरों के रीति-रिवाज बड़ी जातियों की तरह सदा से रहे। साधारण भर लोग इस शताब्दी के आरम्भ में सूअर पालते थे। शायद इसीलिए उनको छोटा समझा जाता था। पर, यह ध्यान रखने की बात है कि पत्थर के कोल्हुओं में हाथ लगाने और लाकर पानी डालने का उन्हें अधिकार था। यद्यपि वह सूअर पालते थे, पर बुद्धकाल में सूअर इतना निषिद्ध नहीं माना जाता था। बुद्ध को स्वयं अन्तिम भोजन सूअर-माँस (सूकर-मार्दव) का मिला था। बौद्ध कथाओं से मालूम होता है कि बड़ी जाति वाले भी उस सयम घरेलू सूअर को न अभक्ष्य मानते थे, न उसको छूने या पास-पड़ोस में रखने में आपत्ति करते थे।

पालि में एक पुरुष की मूर्खता बतलाने वाली एक कथा आती है—किसी मूर्ख ने रास्ते में बहुत-सा पड़ा हुआ सूखा पाखाना देखा। सोचा जमा करके ले चलूँ, घर के सूअरों का भोजन होगा। चलते वक्त रास्ते में वर्षा आ गई। सूखा पाखाना भीग कर बहते हुए उसके सारे शरीर पर फैल गया।

भर आत्माभिमान रखने वाली जाति है। यह बतलाता है कि उनकी सामाजिक स्थिति पहले बहुत अच्छी थी। यह भी अन्दाज लगता है कि समय बीतने के साथ उनकी संख्या में ह्रास हुआ। सन् चार फसली (1896-7 ई.) के अकाल में कनैला से भरों का एक टोला ही उजड़ कर देशान्तर चला गया। गरीबी में बच्चों की मृत्यु ज्यादा होती है और सयाने भी व्याधि के प्रकोप को बर्दाश्त करने की क्षमता नहीं रखते। प्रतिकूल परिस्थिति के शिकार भर अधिक हुए होंगे, इसमें सन्देह नहीं। जिले में जिस गाँव में उनकी बस्ती है, वहाँ उनकी संख्या काफी होती है। एक-दो घर जाकर इधर-उधर बसने के वह पक्षपाती नहीं हैं। कनैला में उनकी संख्या आज भी करीब-करीब ब्राह्मणों के बराबर है। जिस वक्त कनैला के नये वंशकर्त्ता आकर आबाद हुए होंगे, वह भरों के समुद्र में एक बिन्दु से बढ़कर नहीं थे। सन् '57 में भी भरों का अनुपात अधिक रहा।

1

कनैला के ब्राह्मण वंश-स्थापक इच्छा पाँड़े के ज्येष्ठ पुत्र रामहित की ज्येष्ठतम सन्तानों के परिवार के रबी के खेत गाँव के पश्चिम में चक्रपानपुर के पास पड़ते थे पुरानी प्रथा के अनुसार ज्येष्ठ सन्तान को कुछ जेठंश भी मिलता था और जमीन के चुनने में भी उनको विशेष सुविधा दी जाती थी। इसी कारण यहाँ की सबसे उर्वर भूमि उनको मिली थी। डीह की भूमि अक्सर अधिक उर्वर हुआ करती है। अब विलायती कपड़े और कारखानों की बनी दूसरी चीजें भारत में आने लगी थीं, लेकिन अभी भारतीय गाँवों की आत्मनिर्भरता बिलकुल समाप्त नहीं हुई थी। अपने काम भर के लिए लोग कपास पैदा करते और स्वयं कातकर कपड़े बनवा लेते। खर्च के लिए अपने खेत के गन्ने से

हरेक परिवार गुड़ बनाता जिसमें से कुछ बेच कर पैसा भी मिल जाता था। डीहा और दूसरी जगहों के कारखानेदार इस गुड़ को ले जाकर चीनी बनाते। ऊख पेरने के कोल्हू पत्थर के होते जिन्हें कई नदियों और स्वयं गंगा के परले पार (चुनार) से ढकेल कर लाया जाता। ज्येष्ठतम सन्तानों के खेतों को सिवाना (सीमान्त) कहा जाता था। उन्हें अपने घर से काफी चलकर यहाँ पहुँचना पड़ता था। यदि खेत दूर थे, तो वह साथ ही अधिक उर्वर भी थे, इसलिए घाटे का सवाल नहीं था।

सन् '57 में ज्येष्ठतम् परिवार के मुखिया गोपाल पाँड़े थे। उनके तीन सगे और एक सौतेले भाई थे। सगे भाई साथ में रहते। गोपाल और उनके भाइयों के बारे में कहा जाता है, वह छफुट्टे बड़े तगड़े जवान थे। उनकी लाठी का लोहा आस-पास के लोग भी मानते थे। एक बार भदेया के राजपूतों से सिवाने के खेत का झगड़ा हुआ। उन्होंने गोपाल पाँड़े को अकेले पाकर लाठी बरसानी शुरू की। पाँड़े का बाँया हाथ कुछ बेकार-सा था। उसी को उन्होंने ढाल बना लिया। लाठियाँ कुछ देर तक बरसती रहीं, पर जब पाँड़े ने दाहिना हाथ चलाना शुरू किया, तो दुश्मनों को भागने में ही खैरियत मालूम हुई। ये तीनों भाई साँवले नहीं, काले थे। इसकी सन्तानों में काला रंग पीछे तक आया। ब्राह्मण को गोरा होना चाहिए पर हमारे यहाँ कोई जाति मिश्रित हुए बिना नहीं रही। किसी पुरानी पीढ़ी में काले रक्त का सम्पर्क होने पर वह डूबता-उतराता आगे चलता रहता है।

सन् '57 में अभी गोपाल पाँड़े या उनके दूसरे बन्धुओं की स्थिति साधारण जमींदार-किसान की नहीं थी। भर, चमार और दूसरी जाति के लोग उनकी खेती करते थे और आप बाबू बने रहते थे। यह भी कहा जाता है कि रबी के खेतों की उन्हें पर्वाह नहीं थी। वह भात और गोरस के प्रेमी थे, इसलिए धान के खेतों को ही आबाद कराते।

सन् 1857 ई. के अन्त का जाड़ा था। पत्थर के कोल्हू शाम से चलने लगे थे कई घानियाँ हो चुकी थीं। भोला भर कोल्हू की जड़ पर खड़े घानी को हाथ से चला रहे थे। कोल्हू चलाने के लिए हर वक्त दो आदमियों की

आवश्यकता रहती है। एक आदमी कोल्हू के पास उसकी परिक्रमा करते हाथ से घानी चलाता और दूसरा दस हाथ लम्बी मोटी जाठ और कोल्हू की कमर के सहारे लटकती कातर (लम्बे-चौड़े पटरे) पर बैठा बैलों को हाँकता। भोला धानी चला रहे थे। सर्दी से हाथ ठिठुर रहा था। उनकी दृष्टि तारों की ओर थी—कचपचिया (कृत्तिका) कब सिर पर आए और आधी रात का परेवा आकर उन्हें छुट्टी दे। कातर पर मंगरू चमार बैठे हुए थे। भोला का कोल्हू पानी में चल सकता था, इसलिए वह घानी छूने के अधिकारी थे, पर मंगरू नहीं। कातर पर बैठे मंगरू औंघ भी नहीं सकते थे, यद्यपि लुढ़कने पर चोट लगने का डर था। कुल्हाड़ में उस समय दो ही आदमी नहीं जाग रहे थे। बहुत-सी खोइया (ऊख की सीटें) और दूसरे कूड़े को जमा कर एक कौड़ा शाम ही से जला दिया गया था जहाँ पहर भर रात तक दूसरे लोग भी आग तापते बात कर सकते थे। लेकिन, अब वहाँ वही लोग थे जिनको घानी पूरा होने पर दूसरे को छुड़ाना पड़ता। कुल्हाड़ में बैठे लोग कहानियाँ भी कहते, गीत भी गाते और दुनिया-जहान की ओर भी कितनी ही बात करते। मध्य रात्रि के नजदीक आने के साथ संसार शब्दशून्य निस्तध-सा हो गया। छोटी आवाज भी उस समय दूर तक पहुँचती थी, गाना गाने पर तो वह मील की बात करती। भोला कह रहे थे—

"सुना है मंगरू, गोरे हमारा देश छोड़कर भाग गए।"

—"शहर में जरूर होंगे। कैसे भाग गए?" —सन्देह करते हुए मंगरू ने पूछा।

कनैला में गोरे अफसरों के जाने की क्या जरूरत थी? बनारस, गाजीपुर, जौनपुर या फैजाबाद की ओर जाने वाली कोई भी सड़क उसके आस-पास नहीं जाती थी, इससे कभी गोरे सिपाही वहाँ कूच करते भी नहीं जाते। आजमगढ़ मंगरू जैसे आदमियों के लिए विलायत जैसा ही था। वह बस सुनी-सुनाई बातों के बल पर ही गोरों के राज्य और उनके बारे में जानते थे।

भोला कभी-कभी अपनी नातेदारी के किसी दूसरे दूर के गाँवों में भी जाते, इसलिए उन्हें ज्यादा पता था। उन्होंने निश्चय दिलाते हुए कहा—

"नहीं, पक्की खबर है। आजमगढ़ से गोरे भाग गए। अब वहाँ हिन्दुस्तानियों का राज है।"

—"तो, क्या अंग्रेजों का राज्य उठ गया?"

—"इस समय तो उठ गया ही है, लेकिन लड़ाई अभी खत्म नहीं हुई है।"

—"लड़ाई कहाँ हो रही है?"

—"यह तो नहीं कह सकता, लेकिन अभी चल रही है। हमारे मालिक के यहाँ भी सन्देश आया है, गोरों को मार भगाने में सब लोग लगे हुए हैं। कनैला से भी कुछ जवान बुलाये गए हैं।"

—"लड़ने-भिड़ने में हमारा कनैला कब किसी से पीछे रहा है। उमरपुर के बैसों को मंगई-पार ढकेलने में हमें देर नहीं लगती। गोपाल पाँड़े ने अपने टूटे हाथ से भदेया के राजपूतों को भगा दिया। हमारे यहाँ के जवानों के लिए यह शर्म की बात है, यदि वह बारह हाथ की मोटी जाट को कन्धे के बल पर सीधा करके कोल्हू के बाहर न फेंक दें। कनैला को पीछे नहीं रहना चाहिए।"

भोला शरीर से काले, लेकिन हाथ-पैर और छाती से बहुत मजबूत थे। उन्होंने भी जाट को कन्धे से लगाकर कई बार बाहर फेंका था। उनको भी अपने गाँव की वीरता का पूरा अभिमान था। सर्दी से ठिठुरना भूल, रगों में गरम खून दौड़ता अनुभव करते हुए उन्होंने कुछ ऊँचे स्वर में कहा—"कनैला किसी से पीछे नहीं रहेगा। लेकिन, हम लाठी चलाना जानते हैं। तलवार का भी दो-दो हाथ दिखला सकते हैं। पर, गोरों के पास तो बन्दूकें हैं। सुनते हैं, उन्होंने एक नये तरह की बन्दूक निकाली हैं जिसे ही इस बदमली का कारण बतलाते हैं।"

इस भू-भाग में सन् '57 के स्वतंत्रता - युद्ध को बदमली (बद-अमली, दुष्कार्य) कहकर पुकारते थे। निश्चय ही यह नाम अंग्रेजों और उनके पिट्ठुओं ने दिया होगा। जो लोग जान की बाजी लगाकर देश को अंग्रेजों के पंजे से मुक्त कराने में लगे हुए थे, वह अपने कार्य को दुष्कार्य नहीं कह सकते। भोला को कुछ और भी बातें मालूम थीं।

मंगरू ने पूछा—"कौन-सी नई बन्दूक?"

—"हम लोगों के यहाँ की बन्दूक को तुमने देखा है ना? उसमें नली से बारूद और गोली भरकर गज से कूटते हैं। फिर दागने के लिए घोड़े का मुँह जहाँ गिरता है, वहाँ एक टोपी रखते हैं। टोपी पर घोड़े के गिरते ही उसके मसाले में आग लग जाती है जो बारूद में लगाकर गोली को बाहर फेंकती है।"

—"और पतीले से आग लगाने वाली भी बन्दूक है ना?"

—"हाँ, वह तो मामूली किस्म की बन्दूक है। टोपी वाली बन्दूक ज्यादा दाम वाली और अच्छी समझी जाती है। नई बन्दूक उससे भी अच्छी है।"

—"तो उसके लिए क्यों लड़ाई छिड़ गई?"

—"कहते हैं, टोपी की जगह फिरंगियों ने ऐसा टोटा बनाया है जिसमें गोली, बारूद और आग लगाने का मसाला सब इकट्ठा रक्खा होता है। बस, बन्दूक में डाला और घोड़े को दबाया नहीं कि बन्दूक दग जाती है। इसमें गोली-बारूद नली में डालकर गज से कूटने की जरूरत नहीं पड़ती और काम तड़ाक-पड़ाक हो जाता है।"

—"हूँ, फिरंगी बड़ा अक्कल वाला है।"

—"अक्कल वाला न होता, तो बिल्लाइत से आके यहाँ राज कैसे करता? पर, अबकी बड़े वीर बाँकों से पाला पड़ा है। हमारे भाई ही तिलंगे होकर उनकी तरफ से लड़कर दुनिया-जहान फतह करते रहे, वही अब गोरों के खिलाफ लड़ रहे हैं।"

—"तिलंगे क्यों खिलाफ हो गए? कहते हैं, अंग्रेज उन्हें अच्छी तनखाह देते थे।"

—"अंग्रेजों की नियत बहुत खराब हो गई है। वह हमारा धर्म लेना चाहते हैं। बन्दूक के टोटे में उन्होंने गाय और सूअर की चर्बी डाल रक्खी है जिसे बन्दूक में भरने के लिए दाँत से काटना पड़ता है।"

—"तो सबको क्रिस्तान बनाना चाहते हैं?"

—"हाँ, इसीलिए तो हिन्दू-मुसलमान सब बिगड़ गए हैं।"

2

कनैला की तीन पट्टियों में जेठी पट्टी के सरदार गोपाल पाँड़े थे। तीनों पट्टियों के हर घर के मुखिया गाँव के बीचोबीच संत गोविन्द साहब के लगाए पीपल के विरवे के नीचे जमा हुए थे। जवानों के भेजने के लिए आई चिट्ठी पढ़कर सुनाई गईं। कनैला के मालिकों को कम्पनी सरकार से कोई खास शिकायत नहीं हो सकती थी, क्योंकि उन्हें मालगुजारी भर समय पर दे देना पड़ता। गाँव में उनका अपना राज्य था। छोटी जात वाले लोग दासों की तरह मर-मर के काम करते थे। एक ही पीढ़ी पहले असली दास भी यहाँ थे, पर अंग्रेजों ने दास प्रथा को हटवा दिया। इससे यहाँ के मालिकों को विशेष क्षति नहीं हुई। उनके लिए सस्ते में काम करने वाले अर्धदास स्त्री-पुरुषों की कमी नहीं थी। अंग्रेजों ने इस अर्धदासता को हटाने के लिए कभी कोशिश नहीं की। उन बेचारों का सिर भी फूट जाए, हाथ भी टूट जाए, तो भी कोई पूछने वाला नहीं था। सिर्फ खून करने में मालिकों को डर लगता था। सभा में इसी बात पर विचार हो रहा था कि कनैला से जवानों को भेजना चाहिए या नहीं और भेजना चाहिए, तो कितने। गोपाल पाँड़े की सूझ-बूझ और गम्भीरता के लोग बड़े कायल थे। संत गोविन्द कभी इधर से गुजरते हुए एकाध रात कनैला में रहे थे। पाँड़े लोगों ने पोखरा खुदवाया था जिसमें पानी नहीं निकल रहा था। संत गोविन्द साहब के आर्शीवाद से उसमें पानी निकल आया। उन्हीं के हाथ से गाँव के बीच में पीपल का बिरवा लगवाया गया। गोपाल पाँड़े संत के बड़े भक्त थे और बात-बात में उनके मुँह से 'गोविन्द साहब, गोविन्द साहब' निकलता था। भीखा साहब के पंथ के वह विशेष जानकर थे या उनके प्रति उनकी विशेष भक्ति थी, यह नहीं हो सकता था। सीधे-सीधे धर्मभीरू ग्रामीण पुरुष को एक ही बात मिल गई थी और वह उसे पकड़े हुए थे। नौजवानों में कुछ की बाँहें फड़क रही थीं, वह बन्दूक-तलवार सँभालकर आजमगढ़ जाने के लिए तैयार थे। पर, सभी में उस तरह का उत्साह नहीं था। यदि भदेया, उमरपुर या बडौरा वालों से मार होती, तो इसमें शक नहीं कि 14 वर्ष का

बच्चा भी बिना लाठी सँभाले न रहता। प्रत्यक्ष और नजदीक के दुश्मन से रण न लेने में वह भारी अपमान समझते थे। पर, यह दुश्मन तो उनकी आँखों के सामने नहीं था। यह भी पता नहीं था कि उसके पास पहुँचने के लिए कितनी दूर जाना पड़ेगा। बहस घंटों जारी रही, लोग किसी निष्कर्ष पर पहुँच नहीं रहे थे। सबकी नजर गोपाल पाँड़े की ओर थी —"बाबा, तुम ही बताओं।"

बाबा ने कहा—"जैसे गाँव की आन है, वैसे ही देश की आन है। समर-भूमि से पीठ दिखाना अच्छा नहीं। पर, तुरन्त जवानों को भेजने के बारे में नहीं लिखा गया है और न यही कि उनको कहाँ पहुँचना चाहिए। फिर, सारा सामान अपने साथ लाने के लिए कहा गया है। खाने-पीने का सामान दस-पाँच दिनों के लिए हम भेज सकते हैं अधिक भेजने पर तो वह बोझा हो जाएगा। हमारे गाँव में चार-पाँच से अधिक टोपीदार बन्दूकें भी नहीं हैं।"

—"फिरंगियों की बन्दूकें तो और भी ताकत वाली हैं। जितनी देर में हम एक गोली दागेंगे, उतने में वह टोटा भर के दस दाग देंगे।"

—"हाँ और पलीतेदार बन्दूकें हमारी लाठी से थोड़ी ही अच्छी हैं।"

—"तो क्या करना चाहिए?"—बिचली पट्टी के मुखिया ने पूछा।

—"हमें पूरी तैयारी करके रखना चाहिए। बारह जवानों को यहाँ से भेजना होगा।"

वंचित नौजवानों के असन्तोष का ख्याल करके गोपाल बाबा ने कहा—"कुरा (चिट्ठी) डालकर हम बारह आदमियों को चुन लेंगे।"

सारे गाँव ने इस विचार को पसन्द किया। पड़ोस के गाँव की लड़ाइयों में गाँव के ब्रात्मण, अहीर, कहार, भर, चूड़िहारे, दर्जी, चमार सभी को सम्मिलित होने का अधिकार था। मार की खबर मिलनी चाहिए; जो जहाँ होता, वहीं से लाठी लेकर दौड़ पड़ता। पर, फिरंगियों की लड़ाई में शामिल होने के लिए उनके मुखियों को पंचायत में नहीं बुलाया गया था। बड़ी जाति छोटी जाति वाले कैसे एक पाँती में लड़ते? खान-पान में विशेष ध्यान देने की जरूरत पड़ती। आई हुई चिट्ठी में भी यह नहीं लिखा था कि सभी कौमों के जवानों को भेजना चाहिए। वातावरण में एक मौन सन्देश फैला हुआ था,

पड़ोसी गाँवों की लड़ाइयों में चाहे गाँव के सभी जाति के लोग शामिल हों, पर अंग्रेजों से लड़ने के योग्य बड़ी जाति वाले ही हैं।

कनैला के जवान पलटन की कवायद-परेड सीखने की स्थिति में नहीं थे। वह सिर्फ बन्दूकों को चलाने का अभ्यास कर सकते थे। अभी बन्दूक लाठी की तरह ही लोगों के पास रहती थी। उसे रखने के खिलाफ न कोई कानून था और न लाइसेंस लेने की जरूरत थी। जंगल अब नाम मात्र ही रह गए थे, इसलिए शिकार का विशेष सुभीता नहीं था। जाड़ों में साइबेरिया से जब जलपक्षी तालों में उतरते, तो छर्रा भरकर उनका शिकार कर लिया जाता। कभी हिरन मारने का भी मौका मिल जाता। उन्हीं की जाति के घोड़रोज फसल को काफी नुकसान पहुँचाते थे, पर उनका दूसरा नाम नीलगाय भी था; इसलिए गाय के नाम के कारण उन पर कोई हिन्दू हाथ उठा नहीं सकता और न वह दूसरों को हाथ उठाने देते। बन्दूक जैसे हथियारों का शिकार और युद्ध में ही अधिक उपयोग हो सकता था। लड़ाई-भिड़ाई पड़ोस के गाँवों से ही कभी-कभी होती जिसे धर्मयुद्ध का रूप देने के लिए लोग बन्दूक क्या तलवार का भी उपयोग करना नहीं पसन्द करते और फैसला लाठी पर रखते थे। यही कारण था कि कोई निबन्ध न रहने पर भी हरेक घर में एक से अधिक बन्दूकें नहीं थीं। वैसे होता, तो जवार तैयारी में शिथिलता भी दिखलाते, पर यह भी आशंका थी कि क्या जाने फिरंगी इस रास्ते से गुजरे। बिना हथियार उठाये मरना अच्छा नहीं था।

3

कनैला वालों को सरयू पार के मलाँव-वंश के होने का बहुत अभिमान था। इसमें भी शक नहीं कि उनका लम्बा चौड़ा शरीर और लड़ने के लिए हर वक्त तैयार रहने की प्रवृत्ति उन्हें मलाँव से दायभाग में मिली थी। वह अपने को बहुत उच्च कुल का मानते थे। सरयू के इस पार के ब्राह्मण उनकी दृष्टि में छोटे थे। उनकी लड़कियाँ वह ले लेते, लेकिन अपनी लड़कियों को सरयू पार ही ब्याहना पसन्द करते थे। इसके लिए उन्हें बीस-पच्चीस कोस दूर जाकर

घर-बार ढूँढ़ना पड़ता था। उस समय यातायात बहुत कठिन था। पैदल या घोड़े की सवारी से ही यह यात्रा तय की जा सकती थी। कनैला वाले इसके लिए तैयार थे। गोपाल पाँड़े की भतीजी का ब्याह सरयू पार ठीक हुआ था। लगन जेठ-आषाढ़ (जून, 1857 ई.) में पड़ी थी। दूर से लम्बी बरात तो नहीं आनी चाहिए थी, पर उस समय राह चलते रार बेसाहना मामूली बात थी। इसलिए बरात को बहुत छोटी भी नहीं रखा जा सकता था। सरदार और लग्गू भग्गू मिलकर पचासेक व्यक्ति थे। सब तलवार-बन्दूक से लैस होकर आए थे, ब्याह हो गया। बरात लौटने के समय जिले में आग लग गई। अंग्रेज बिना लड़े नहीं हटे। बरातियों के मन में सन्देह हो गया, उस वक्त लौटना चाहिए या नहीं। अनाज बहुत सस्ता था। कनैला में गायों-भैंसों की इफरात होने से दूध-दही का टोटा नहीं था। साथ ही कनैला के घर-घर की सरयू पार में रिश्तेदारी थी। कितने ही बराती रिश्तेदार थे। सारे गाँव ने बरात के बोझ को बाँट लिया। कुछ दिनों तक बरात को रुक जाना पड़ा। पर, वर्षा से पहले उसे घर लौटने की पड़ी।

कनैला की दूसरी जाति के लोगों को गाँव से बहुत दूर जाने का शायद ही कभी काम पड़ता था। सन् '57 की गड़बड़ी के दिनों में तो अनावश्यक मेहमानी भी रुक गई। पर, कनैला में चूड़िहारों के भी कुछ घर थे जिनका आस-पास के बहुत से गाँवों में अभाव था। चूड़िहारिनें चूड़ी पहनाने के लिए गाँव-गाँव घूमा करती थीं। चूड़िहारे भी अपने काम से मऊ, मुहमदाबाद और आजमगढ़ तक जाते थे। वह गाँव के लिए समाचार पत्र का काम देते। उनकी दी हुई खबरों में अतिरंजन जरूर होता, लेकिन अँधेरे में बैठे रहने की जगह कुछ जानना तो बेहतर था।

***

गर्मी बीत गई। आषाढ़ में समय पर वर्षा शुरू हुई। बरसात की फसलें बोई जाने लगीं। मक्की का भी रवाज हो चुका था, लेकिन फिरंगियों के लाये इस अनाज के प्रति लोगों को सन्देह था। भोला और मगरू कितने ही स्त्री-पुरुष मजूरों को लिए खेत में सोहनी कर रहे थे। भोला गोपाल पाँड़े के घर के व्यक्ति थे।

वह मालिक की हरेक चीज को अपनी चीज की तरह देखते थे। स्वयं डटकर काम करते और दूसरों से करवाते। इसके लिए मजूर कभी-कभी पीठ पीछे उस पर व्यंग्य भी कसते। भोला जानकर भी अनजान बन जाते। मुँह पर साफ कहने की किसी को हिम्मत नहीं थी। उनको पुश्तों से चली आती बात का बहुत ख्याल था—मालिक का नमक खाकर नमकहरामी नहीं करनी चाहिए। वह सेवक के धर्म पर दृढ़ थे। पर, एक बात से उन्हें बहुत असन्तोष था—मेरे लड़के खदेरू को क्यों नहीं फिरंगियों से लड़ने के लिए चुना गया। खदेरू किसी भी बड़ी जात के जवान से कम मजबूत नहीं था। गाँवपुर की मार में उसकी एक लाठी भी बर्दाश्त करने वाला कोई आदमी नहीं था। मालिक की बन्दूक लेकर उसने हरिन का भी शिकार किया था। फिर, फिरंगी का शिकार करना क्या मुश्किल था? लेकिन, युगों से चले आए सेतु को कौन तोड़ सकता था? और काम में उनकी जात वाले सहायता कर सकते, बल्कि सारे शारीरिक काम का ठेका ले सकते थे, पर जहाँ महाभारत और कुरुक्षेत्र का सवाल उठे, वहाँ उनको वीरगति प्राप्त करने का अधिकार नहीं था। भोला इसको जानते थे, तब भी उनकी भुजाएँ फड़क उठती थी।

बेड़ार में धान की पौद पड़ चुकी थी। पौद को एक बार उगाकर फिर दूसरी जगह रोपना पड़ता है। पौद डालने के वास्ते घर के पास छोटी-सी क्यारी हद से ज्यादा खाद डालकर तैयार की जाती है। कसी हुई पौद उसमें उगी हुई थी। बित्ते-बित्ते की मर्कत-जटित क्यारी हल्की हवा के झोंके से जब लहराती, तो एक विचित्र सौन्दर्य आँखों के सामने फिर जाता। जिस खेत में सोहनी लगी थी, उसी खेत के पास बेड़ार था। अबके साल सभी चीजें अच्छी थीं। महुआ भी खूब आया था, आम भी फल कर लद गया था और इतना अधिक पका कि लोगों के कहने के अनुसार उसे 'कुकुर-सियार' भी नहीं पूछते थे। खरीफ की फसल का भी रंग-ढंग बहुत अच्छा था। किसानों को ऐसा निश्चिन्त वर्ष कभी ही मिलता है। लेकिन, सारी निश्चिन्तता को लड़ाई की खबरें हवा कर रही थीं। अंग्रेज पूरे भागे नहीं थे। न यही विश्वास किया जाता था कि वह सदा के लिए हार गए हैं। मार्च, 1858 में पता लगा कि

युद्ध के नामी वीर कुँवर सिंह ने आजगगढ़ में आकर फिरंगियों का छक्का छुड़ाया, तो लोगों को पक्का विश्वास हो चला कि अब फिरंगियों का मुँह नहीं देखना पड़ेगा। इस सफलता के साथ कुँवर सिंह के पँवाड़े फैलने लगे। कोई उनकी उमर अस्सी बतलाता, कोई सौ पर कसम खाता। किसी साक्षर व्यक्ति ने कह डाला कि वह भीष्म पितामह के अवतार हैं, यह बात चारों तरफ फैल गई। हाँ, महाभारत हो रहा था, फिर उसमें भीष्म पितामह आए बिना कैसे रह सकते थे?

4

सन् '58 शुरू हो गया। शीतकाल के यौवन का समय था। खेतों में फसलें लहरा रही थीं। कुछ पकने भी लगी थीं। कोल्हू पर अब भी रात को भोला और मंगरू काम करते थे। कनैला सड़कों और बड़े रास्तों से दूर होने के कारण अछूता रह गया। गोरों, गोरखों या सिक्खों की पलटनें यहाँ खेत को उजाड़ने, निरपराध लोगों को गोली मारने या फाँसी की रस्सी से झुलाने के लिए नहीं आईं। कनैला वालों की कई रिश्तेदारियाँ पन्दहा में थीं। उन्हें मालूम हो गया था—बलकू पाठक फाँसी पर चढ़ा ही दिये गए। उनका शरीर तगड़ा था। ऐसा आदमी बागियों के साथ जरूर रहा होगा। जब दरख्त से झूलती रस्सी के पास ले जाने लगे, तो बलकू पाठक ने मालगुजारी की रसीद दिखलाई। बेचारे राजा के हक को अपने पास न रखने के ख्याल से उस आग-पानी में भी तीन-चार कोस जाकर आजमगढ़ में मालगुजारी जमा कर लौट रहे थे, तभी पकड़ लिए गए। बलकू पाठक से भी कहीं तगड़े आदमी कनैला में दर्जनों थे। यदि यह गाँव किसी सड़क पर होता, तो न जाने कितने पेड़ पर झुलाये जाते।

12 अप्रैल, 1858 को कुँवरसिंह के आजमगढ़ छोड़ते ही फिरंगी अन्धाधुन्ध बदला लेने लगे। सिपाहियों को खुला अधिकार था। प्राण और इज्जत लेने के लिए हरेक सिपाही को प्रोत्साहन दिया गया था। अंग्रेज बागियों को ऐसी शिक्षा देना चाहते थे जिसे वह पीढ़ियों तक न भूल सकें। कितने ही समय बाद बछवल के एक टोले में एक सुन्दरी वहाँ के महन्त की रखैल होकर आई।

उसकी आप-बीती से पता लगता था कि इन दिनों अंग्रेजों ने कितनी पशुता का परिचय दिया था। वह किसी संभ्रान्त परिवार की बहू थी। गोरों ने गाँव में आकर कितने ही आदमियों को फाँसी पर लटका दिया। वह तीन सुन्दरियों को अपने लिए चुनकर एक्का पर बैठाकर ले चले। रास्ते में नदी का पुल आया। दो ने छलाँग मारकर अपने जीवन को समाप्त कर दिया। तीसरी महन्त की रखैल जीवन भर अफसोस करते कहती—"मैंने अपने प्राणों का लोभ किया। दुनिया में नरक की यातना सहनी पड़ी। मरने के बाद नरक तो निश्चित ही है।" गोरों के साथ-साथ न जाने कितनी ऐसी स्त्रियाँ एक जगह से दूसरी जगह घूमती रहीं। आजमगढ़ से आगे ले जाना गोरों के बस की बात नहीं रही, इसलिए तरुणी को उसने वहीं छोड़ दिया जहाँ से वह महन्त की शरण में गई।

धन, प्राण और इज्जत का जब कोई भी मोल न हो, हर वक्त उस पर संकट हो, तो लोगों के दिल पर क्यों न निराशा और आतंक छा जाए। कनैला उससे बच गया था, पर कनैला के सम्बन्धी तो उस आग में पड़े थे। हुकुम निकला था। जिसके घर में बन्दूक या तलवार मिलेगी, वह फाँसी पर चढ़ा दिया जाएगा। आजमगढ़ के चार हजार गाँवों के हरेक घर की तलाशी लेकर बन्दूक और तलवार बरामद करना सम्भव नही था, लेकिन किसी में हिम्मत नहीं थी कि हथियारों को छिपाकर रखे। लोहारों की भाथी में तलवारें दनादन तोड़कर हँसुये या दूसरे हथियारों के रूप में परिणत हो रही थीं। बेलहा वाले बैस कुछ कठोर दिल के थे। उन्होंने इससे पचासों वर्ष बाद भी अपनी बन्दूकों और तलवारों को छिपाकर रक्खा। सभी खाते-पीते घरों की यही हालत थी, इसलिए कोई पुलिस के पास चुगली करने के लिए तैयार नहीं था। प्रथम विश्वयुद्ध के बाद अंग्रेजों ने तलवार के महत्त्व को घटा समझ कर उसे हथियार के कानून से मुक्त कर दिया, पर पलीतेदार, टोपीदार या कारतूसी किसी भी बन्दूक को कानून से मुक्त नहीं किया। बहुत छान-बीन कर 'मातबर' आदमी को ही लाइसेन्स मिलता था। अंग्रेजों को लोगों से डर था, इसलिए उन्होंने ऐसा किया। अंग्रेजों के जाने के बाद आज भी हथियार

कानून की इतनी कड़ाई से पाबन्दी क्यों की जाती है? क्या सरकार और जनता के बीच अब भी पुरानी खाईं मौजूद है? गोपाल पाँड़े को अपनी एक तलवार तुड़वाने के लिए बहुत अफसोस हो रहा था। यह इच्छा पाँड़े के हाथ की थी। न जाने कितने शत्रुओं का इसने संहार किया था। कनैला में पाँड़े-वंश की नींव रखने में इसका हाथ था। मालूम था कि अगर तलवार घर में निकल आई, तो न जाने कितने आदमियों को फाँसी पर चढ़ना पड़ेगा। पर, गोपाल पाँड़े की हिम्मत नहीं हुई कि इस पवित्र तलवार को लोहार के यहाँ तुड़वायें। उन्होंने बाँस के भीतर छेद कर के उसमें डालकर सिवाने वाले खेत में उसे बहुत नीचे जमीन में गड़वा दिया। कहाँ गड़वाया, इसका पता भोला और उनके मालिक को ही था। आज सौ वर्ष के बाद वह भूमि के अन्दर होगी भी, तो मोर्चा खाकर किसी दूसरे ही रूप में। कुछ तलवारों के फल तुड़वाकर उनके कब्जे छत में छिपा दिये गए जिन्हें गोपाल पाँड़े की चौथी पीढ़ी के लड़के ने अपनी आँखों से अकस्मात् देखा।

सचमुच फिरंगियों के अत्याचारों ने लोगों की हिम्मत तोड़ दी। अभी न लोगों में उतनी मुकदमेबाजी शुरू हुई थी, न झूठ का चलन था। साथ ही कानून का बल न रहने पर भी गाँव के पंचों की बात मानी जाती थी। झगड़ों का फैसला वही किया करते थे। गोपाल पाँड़े के पुत्र जानकी पाँड़े अपनी बुद्धि और न्यायप्रियता के लिए सारे इलाके में प्रसिद्ध थे। बहुमूत्र की भयंकर बीमारी से ग्रस्त होते भी उन्होंने पंचायत के लिए जाना जरूरी समझा। इसी प्रयास में उनकी मृत्यु हो गई। गाँव की रीढ़ अभी बिलकुल टूटी नहीं थी, पर आदमी-आदमी के हृदय में फिरंगियों का आतंक फैल गया था।

स्वराज्य

(1957 ई.)

पाँच ही पीढ़ी पहले तो फिरंगी राहु के भगाने का प्रयत्न करके लोग इतनी बुरी तरह ध्वस्त हुए थे कि उन्हें विश्वास नहीं होता था कि हम कभी गोरों के शासन की कालरात्रि को पार कर सकेंगे। पर, भीषण से भीषण अत्याचारों के प्रति भी जनता की स्मृति बहुत क्षीण होती है, अतीत को जल्दी ही भूलकर वर्तमान और भविष्य उसके सिर पर सवार हो जाता है। हर तरह से दबे होने पर भी फिरंगियों के शासन के खिलाफ तीव्र घृणा तो हरेक आदमी में माँ के दूध के साथ थी। निरंकुश विदेशी शासन के खिलाफ छिटपुट दबी आवाजें निकलने लगीं जिनका स्वर दिन-पर-दिन ऊँचा और तीव्र होता गया। कनैला बहुत दूर के पिछड़े इलाके में था। शिक्षा का वहाँ अभाव था। वह स्वयं किसी अध्यापक को रखकर ही दिलाई जा सकती थी। कनैला वाले उसकी जरूरत नहीं समझते थे। एक बार 19वीं सदी के अन्त में एक-दो महीने के लिए कोई मुंशी आ गए जिनके पास कुछ लड़कों ने पढ़ना शुरू किया, लेकिन सभी 'रामागती देहू मती' तक रह गए। और जगहों में अक्षरारम्भ 'ओना मासी धम (ओं ना: सिद्धम)' से होता है, लेकिन इधर न जाने क्यों 'रामागती' अपनाया गया—शायद रामचरितमानस का प्रभाव। उन लड़कों में सिर्फ गोवर्धन ही ऐसे थे जिन्होंने उस दो महीने की पढ़ाई का उपयोग किया। वह तुलसी-रामायण पढ़-समझ सकते थे, अपने कागज-पत्रों को देख सकते थे।

उनके चचा महादेव पाँड़े को भाई जानकी पाँड़े ने पढ़ाने की विशेष कोशिश की थी। वह पंचांग देख लेते थे, सत्यनारायण की कथा बाँच सकते थे और इस भू-भाग में महादेव पंडित के नाम से प्रसिद्ध थे। बड़े भाई की जिम्मेवारी अब उनके ऊपर आई थी। वर्तमान शताब्दी के आरम्भ में वह अपने गाँव में और बाहरी गाँवों में भी पंच माने जाते थे। उन्होंने अपनी आँखों के सामने ही देखा और स्वीकार किया कि अब कोई पंच की बात नहीं मानता, सभी थाना अदालत में दौड़े-दौड़े जाते थे। उनकी इस निराश वाणी के साथ युगों से चली आती पंचायत-प्रथा का उच्छेद हुआ।

राष्ट्रीय नवजागृति का सूत्रपात चाहे 19वीं शताब्दी के चतुर्थ पाद में हो गया हो और 20वीं सदी में उसका प्रभाव कितनी ही जगहों में प्रकट भी दिखलाई पड़ता हो, पर कनैला पर उसका एक भी छींटा नहीं पड़ा था। रूस-जापान युद्ध चल रहा था। उसकी खबर कलकत्ता में पुलिस के कान्सटेबल बच्चा पाठक को लगी। अनपढ़ होते भी उनके कान तो थे। उन्होंने यह बात छुट्टी में पन्दहा आकर अपने चाचा को सुनाई थी—हाँ, अतिरंजन के साथ। कनैला के लोग बाहर नौकरी करने के लिए नहीं जाते थे, इसलिए उनमें और भी अधिक कूपमंडूकता थी। प्रथम विश्वयुद्ध तक यहाँ के भी कुछ नौजवान बाहर निकलने लगे, पर उनके द्वारा भी किसी तरह का राजनीतिक ज्ञान कनैला में प्रविष्ट नहीं हुआ। अब पास में पाठशाला हो गई थी। कुछ लड़के पढ़ने भी जाने लगे थे। यहाँ के जिस लड़के ने सर्वप्रथम मिडिल पास किया, वह एक तरह से यहाँ का नहीं था। ननिहाल से उसने पढ़ना शुरू किया और पढ़ाई के बाद बाहर चला गया।

कनैला में बाहर से आए पाँड़े ब्राह्मणों की जमींदारी थी। लेकिन, वह अपने बाहरीपन को इतना तक ही जानते थे कि सुदूर अतीत में किसी समय उनका कोई पूर्वज सरयूपार से आया था। इसी मिट्टी को वह अपनी मिट्टी समझते थे—बल्कि मिट्टी को वह केवल अपनी समझते थे। भर, चमार, चूड़िहारों, दर्जी और दूसरी जाति वाले लोग उनसे भी बहुत पहले से इस मिट्टी में रहते थे, एक तरह से उनका सम्बन्ध इस मिट्टी से अनादिकाल का था;

पर, उनको इस भूमि में कोई हक प्राप्त नहीं था। जिस चार हाथ जमीन पर उनकी झोपड़ी खड़ी थी, उसे भी वह अपने मालिकों की कृपा की देन समझते थे। उनके जाँगर (शारीरिक परिश्रम) से ही खेत में हरियाली लहलहाती थी, पर उसमें उनका उतना ही हक था जितना मालिक हाथ उठाकर दे दे। यह भी नहीं था कि मालिक उनके भूखे न रहने देने की जिम्मेवारी लेते। क्वार- कार्तिक में खरीफ की फसल काटने वाले मजूर-मजूरिनों को खाने के लिए कुछ बेशी अन्न मिल जाता। धान की कटाई- दँवाई उन्हें पूस तक ही किसी तरह सँभाल सकती थी। पूस-माघ बड़े कष्ट का समय होता, क्योंकि उस समय मालिकों के भी कोठली-बखार खाली पड़ जाते। फागुन-चैत में जरूर अच्छे दिन लौटते, लेकिन वह भी बैसाख और आधे जेठ तक रहते। आषाढ़-सावन तो मरने के पर्व थे। बरसात हो जाती और कुछ हरी घासें उग आतीं, वह उनके लिए एक मात्र अवलम्ब होती। कनैला के आधे लोग ऐसी ही जिन्दगी बिताते थे। उनको इस मिट्टी पर न कोई अधिकार था और न वह यही समझते थे कि इस पर हमारा कोई अधिकार हो सकता है। नाममात्र के बहुत थोड़े से खेत पर जाँगर चलाने वाली छोटी जातों की काश्तकारी थी। कोशिश की जाती थी कि हलवाहे के नाम काश्त न लगने पाए। काश्त लग जाने पर वह दास की तरह काम नहीं कर सकेगा। छोटी और बड़ी जाति का भेदभाव किसी से छिपा हुआ नहीं था। एक अधिकार-वंचित थी और दूसरी अधिकारयुक्त। एक के पास खेत और सम्पत्ति थी, दूसरे के पास उनका अभाव था। पर, इस भेदभाव में कोई और भी रहस्य विस्फोट छिपा हुआ है, इसका किसी को पता नहीं था।

इच्छा पाँड़े की सातवीं पीढ़ी में चलकर कनैला में एक घर की जगह पच्चीस घर हो गए जिनमें चार-पाँच से अधिक ऐसे नहीं थे जो बारहों महीने रोटी कपड़े की चिन्ता से मुक्त हों। इसी चिन्ता को दूर करने के प्रयत्न में कितनों के खेत दूसरों के हाथ में बैया रेहन हो गए। समय जब था, तब अपनी ऐंठ के कारण ही पुरोहिती नहीं स्वीकार की। एक-दो घर राजपूत यजमान सिर्फ इसीलिए थे कि आरम्भ में दोनों कुलों की किसी और कारण से घनिष्ठता थी।

अब माघ-पूस की भूख से प्राण बचाने के लिए एक-दो वृद्धों को भीख माँगने की नौबत आ गई थी। पर, वह आस-पास भीख माँगना पसन्द नहीं करते थे। इसके लिए दूर सरयू-पार जाते थे। कितने ही नौजवानों को नौकरी करने के लिए परदेश जाने की भी नौबत आई। उत्तर प्रदेश और बिहार, परदेश में जाकर मजूरी करने वाले लोगों का देश है। यह नौकरी करने वाले लोग बाबूगिरी नहीं, बल्कि खून-पसीना एक करके रोजी चलाते हैं। पिछली शताब्दी के उत्तरार्द्ध में यहाँ का एक नौजवान कुली बनकर चीनीडाँट (ट्रिनीडाड) भी पहुँचा, पर वह पेट जले के कारण नहीं। गाँव में उसे घर में सबसे अधिक खेत थे। पर रखैल का पुत्र बड़ा भाई अपने प्रभाव के कारण सर्वेसर्वा था। असली माँ का उपेक्षित लड़का घर से निकला अर्काटियों के चंगुल में फँस गया। चौदह साल बाद वह समुद्र पार से लौटा। चौदह-पन्द्रह हजार रुपया उस समय आजकल के लाख-डेढ़ लाख से कम का नहीं होता था। अभी बुढ़ापा आने में देर थी। वह अपने साथ अपनी तीन लड़कियाँ भी लाया। सौतेला भाई ऐश-जैश में सम्पत्ति को फूँक-ताप गया था। बहुत से खेत मंगई-पार वेल्हा के बैसों के हाथ में रेहन थे। जयपाल पाँड़े ने पैसा देकर सब खेत वापस कर लिया, घर का पुराना वैभव दबदबा फिर लौट आया। लोगों के अँगुली उठाते भी उन्होंने अपनी लड़कियों को अच्छे ब्राह्मण-कुलों में ब्याह दिया। वंश चलाने के लिए अपना भी ब्याह किया। कनैला की कूपमंडूकता को जयपाल पाँड़े ने दूर किया था, पर उतना साहस आगे किसी को नहीं हुआ।

शारीरिक काम करने वाले उत्तरी भारत के बेकार या साहसी नौजवानों के नौकरी के क्षेत्र मुख्यत: दो हैं—बम्बई और कलकत्ता। भोजपुरी का क्षेत्र कलकत्ता से सम्बन्ध रखता है। अवधी के बहुत थोड़े से लोग कलकत्ता जाते, बाकियों को बम्बई में जगह मिलती। वह वहाँ के कपड़े के कारखानों में काम करते, कुछ भैंस-गाय पाल कर दूध का रोजगार करते और कुछ चौकीदारी या दरबानी भी। यहाँ उन्हें 'भैया' कहकर पुकारा जाता है जिसका अर्थ है कुली - मजूर। पश्चिम में लाहौर और पूर्व में भारत से बाहर रंगून और सिंगापुर

तक भी ये लोग पहुँचते, पर उनकी संख्या कम होती। कनैला के नौजवानों को अब अपने गाँव की धरती छोटी मालूम होने लगी। वह रोजी ढूँढ़ने के लिए दूर-दूर जाने लगे। पर, वस्तुतः अभी बाहर जाने की उतनी जरूरत नहीं थी। गाँव की दो-तिहाई जमीन खेत बनाने लायक थी, लेकिन उसकी तरफ इनका ध्यान नहीं था। नान्ह (छोटी) जाति वाले इसको लहलहाते हरे खेतों में परिणत कर सकते थे, पर उनका इस पर कोई अधिकार नहीं था। बड़ी जाति वाले सुकुमार हो गए थे, हाथ से काम करने लायक नहीं थे, यह बात नहीं थी। हल वह अपने हाथ से नहीं छू सकते थे, क्योंकि उससे धर्म-भ्रष्ट और जाति-भ्रष्ट होना पड़ता। पर, कुदाल, फावड़ा चलाने में कोई रुकावट नहीं थी। खेत के गोड़ने, निराई करने, फसल काटने आदि में भी कोई बाधा नहीं थी। लेकिन, वह जाँगर वहीं चलाने के लिए तैयार होते थे जहाँ मजबूरी हो।

दरिद्रता का एक और प्रभाव भी यहाँ के ब्राह्मणों पर पड़ने लगा। सभी ब्राह्मण धन-सम्पत्ति देखकर अपनी लडकी देते हैं। पहले की आन—हमारी लडकियों का ब्याह सरयू पार होना ही चाहिए—बहुत कुछ खत्म हो गई थी। सिर्फ जेठी पट्टी के तीन-चार घर और दो-एक और ऐसे थे जो इस नियम का पालन करने की कोशिश करते थे। बाकी सब लड़के-लड़की दोनों का ब्याह पाँच-सात कोस के भीतर ही आसपास कर लेते थे। गरीब घरों की सन्तानों का ब्याह होना बन्द हो गया। कुछ घर निस्सन्तान होकर खँडहर पड़ गए और कुछ उसकी तैयारी करने लगे। गाँव में कितनी ही तरुण विधवाएँ थीं जो इन घरों को खँडहर होने से बचा सकती थीं। पर विधवा-विवाह करने का मतलब जाति से च्युत होना था। इसका यह अर्थ नहीं कि बुढ़ापे तक बाल-विधवाएँ अपने ऊपर पूरी तौर से नियंत्रण करती थीं। यदि कोई नियंत्रण करना चाहे भी, तो दूसरे वैसा करने नहीं देते। इसके फलस्वरूप कभी-कभी गर्भपात होते। गाँव से निकालने या निकल भागने की नौबत नहीं आई, बाहर से धर्म अखंड मालूम होता था। भीतरी अवस्था को तो कभी और कहीं भी देखने की कोशिश नहीं की गई। धर्म की स्थिति हमेशा हाथी के दाँत की-सी रही है। एक तरुण विधवा का अपने फुफेरे देवर से सम्बन्ध हो गया।

उसका परिणाम भयंकर होने वाला था जिसके कारण उसे मेहमानी जाना पड़ा। लौट के आने पर स्त्रियाँ उँगली उठाती थीं—"गर्भ गिरा कर आई है।" चाहे कुछ भी हो, उसने अपने धर्म को तो बचा लिया। तीस वर्ष तक हल्दी न लगने पर ब्याह की आशा न रह जाने कारण एक पुरुष ने अपने रिश्तेदारी की भाभी को उसे बच्चे के साथ अपने यहाँ बुला लिया। कुछ दिनों तक इसे मेहमानी समझा गया, पर हफ्ते महीनों में बीतने लगे, तो लोंगों के कान खड़े होने लगे। सौ वर्ष पहले गाँव अलग-अलग व्यक्तियों का समूह नहीं, बल्कि व्यक्ति एक परिवार का अंग था। अब सबका अपना-अपना रास्ता था। खेती में, कमाई में जैसे सबको अपना-अपना देखना था, वैसे ही धर्म-कर्म में भी सबको छूट होनी चाहिए थी। लेकिन अभी भी पुराने विचारों के प्रतिनिधित्व करने वाले कुछ लोग मौजूद थे। उन्होंने मजबूर किया कि यह विधवा गाँव से जाए; लेकिन, यह जबरदस्ती कितने दिनों तक चल सकती थी। आखिर पुरानी रूढ़ियों के पीछे काल लाठी लेकर पड़ा हुआ था। आगे उन्हें हटाने में कुछ ने सफलता भी प्राप्त की।

2

प्रथम विश्वयुद्ध के बाद देश में राजनीतिक जागृति बड़े जोर से फैली। असहयोग-आन्दोलन ने आकर आग लगा दी थी। लोग अंग्रेजों के खिलाफ खुलकर बोलने लगे। कानून तोड़ने में भी उनको आनाकानी नहीं रही। लेकिन, कनैला अब भी पिछड़ा ही रहा। अब वह शिक्षा से बिलकुल वंचित था, यह नहीं कहा जा सकता। गाँव में कुछ तरुण मिडिल पास कर गए थे। उनको कभी-कभी बाहर आजमगढ़ या दूसरे नगरों में भी जाना पड़ता था, इसलिए देश में क्या हो रहा है, इसका पता जरूर था। पर, गाँव का वातावरण ऐसा था कि जिसमें कुछ करने का न उनमें उत्साह होता था, न साहस। भारत के स्वतंत्र होने तक कनैला के स्थायी निवासियों में किसी का देश के नाम पर जेल न जाना आश्चर्य की बात है। यह भी हो सकता है कि किसी ने काम किया, तो भी सभी राजनीतिक कार्यकर्त्ताओं को जेल

जाने का सौभाग्य नहीं प्राप्त हो सकता था, क्योंकि अंग्रेजों के जेलखानों में उतनी जगह नहीं थी। जो भी हो, कनैला इस बात में पिछड़ा रहा। नई पीढ़ी को यह तो मालूम हो गया कि दो-तिहाई परती जमीन ऐसी बेकार नहीं है, जैसा कि हमारे बाप-दादा समझते थे। उन्होंने उसको आबाद करके अपने खेत बढ़ाए। कुछ हाथ-पैर भी अधिक चलाने लगे जिसके कारण खेतों की कमी बहुत कुछ दूर हो गई। पर, इस तरह कमी दूर करना कनैला जैसे दो-चार गाँवों ही को मुअस्सर हो सकता था। बाकी गाँवों की तो अंगुल-अंगुल जमीन पहले ही आबाद हो चुकी थी।

आर्थिक अवस्था कुछ सुधरी जरूर थी, पर वह बड़ी जातिवालों—ब्राह्मणों—की ही। आधी संख्या वाले नान्ह जाति की अवस्था में कोई परिवर्तन नहीं हुआ। स्वतंत्रता के सारे आन्दोलनों में बड़ी जाति वालों ने भाग नहीं लिया। नान्ह जाति वाले सब तरह से पिछड़े थे। वह क्या भाग लेते? सब अपने-अपने सुख-स्वार्थ को देखते थे, दूसरों की पर्वाह नहीं थी। 15-20 वर्ष बाद एक घर के चार घर होने की नौबत आती। फिर वह स्वार्थ बँट कर आपसी संघर्ष का कारण बनता।

गोपाल पाँड़े तीन भाई साथ रहते थे। मझले पुत्रहीन थे और छोटे के तीन लड़के थे। गोपाल पाँड़े के एकमात्र पुत्र जानकी पाँड़े अपने तीनों भाइयों को भी समेट कर रखना अपना कर्त्तव्य समझते थे और जीवन भर समेट कर रक्खे भी। उनके मरने के बाद 19वीं शताब्दी के अन्त में एक घर के चार घर हो गए। आज भी वह चार के चार ही घर हैं जो कम होता है। जानकी पाँड़े का कानूनन-जमींदारी में आधा हक था, बाकी आधे को तीन घरों ने बाँट दिया। खेत उनके पास कम थे, लेकिन जब परती आबाद करने का मौका मिला, तो कितनी हद तक कमी पूरी हो गई।

असहयोग आया। नमक-सत्याग्रह ने जोर पकड़ा। 'भारत छोड़ो' का तूफान मचा। द्वितीय विश्वयुद्ध में अंग्रेजों का पिटना साफ-साफ दिखाई दे रहा था। कनैला में काफी साक्षर लोग थे जिन्हें यह मालूम हो गया था कि जापानी असम में घुस आए हैं। कलकत्ता में उन्होंने बम गिराया,

यह भी किसी से छिपा नहीं था। कनैला अब गहरी नींद में सो नहीं सकता था, इसमें सन्देह नहीं। पर, उसकी भौगोलिक परिस्थिति भी उसके रास्ते में बाधक थी। पन्दहा उससे बहुत छोटा गाँव था जिसके कई घरों से उसके सम्बन्ध थे। पन्दहा के नौजवानों ने आन्दोलन में भाग लिया, नवचेतना को अपने यहाँ फैलाने की कोशिश की। कनैला यह नहीं कर सका। वह दूर से तमाशा देखने वाला बना। किसी ने यदि कभी राजनीति की कोई चर्चा की, तो ऐसी होशियारी के साथ, कि जिससे अपने ऊपर रेफ न आए। उनमें से शायद किसी को विश्वास नहीं था कि अंग्रेज भारत छोड़कर चले जाएँगे। इसीलिए खद्दर पहन लेने या अपनी गोष्ठी में कभी कोई देशभक्ति की बात कर लेने पर भी यदि पूछताछ नहीं हुई, तो उसने इसे अपना कौशल समझा।

तीन पीढ़ी पहले लड़कों को पढ़ने के लिए कोस भर दूर डीहा या बड़ौरा में जाना पड़ता था जहाँ पर सरकारी नहीं, बल्कि इमदादी मदरसे (स्कूल) थे। अब कनैला में ही गाँव से बाहर स्कूल खुल गया था। लड़कों को पढ़ने जाने के लिए कोई दिक्कत नहीं थी। पहले पढ़ाना शौकीनी की चीज माना जाता था जिसमें बहुतों को दिलचस्पी नहीं थी। उनका तो मोटो था—"चारों वेद धमाके जौ के डाँड़े"। इस सारे जिले, बल्कि आस-पास के भी कितने ही जिलों में रबी की फसल में जौ की प्रधानता है। गेहूँ लोग बहुत थोड़ा-सा बोते हैं, सो भी इसीलिए, कि त्यौहार-पर्व और कारज-परोजन में पूड़ी बनाने की आवश्यकता पड़ती है जिसके लिए गेहूँ के आटे की जरूरत होती है। गेहूँ की उपज जौ की अपेक्षा कम होती है, इसीलिए लोगों का जौ के साथ विशेष पक्षपात है। किसान कम उपज वाली फसल को तभी बोना चाहता है जबकि वह महँगी बिके, नहीं तो उसे मात्रा की आवश्यकता है, गुण की नहीं। पिछली शताब्दी के अन्त तक अच्छे किसिम के धानों की गाँवों में कदर थी, लोग काफी मात्रा में उनकी खेती करते थे। पैदावार कम होने के कारण लोगों ने धीरे-धीरे उन्हें छोड़ दिया और अन्त में नौबत यहाँ तक पहुँची कि कितनी ही जात के अच्छे धान उच्छिन्न हो गए।

3

श्यामलाल पाँड़े गोपाल पाँड़े के परपोते कनैला के समझदार और पढ़े-लिखे आदमी माने जाते हैं। अंग्रेजों के शासन काल में पंचों की ऊपर से नियुक्ति की गई, तो उन्हें सरपंच बनाया गया। गाँव और आस-पास के लोग भी उनका सम्मान करते थे। मिडिल पास अब अधेड़ थे। उनके जैसे परिपक्व ज्ञान वाले व्यक्ति से गाँव को ज्यादा आशा हो सकती थी। इसमें शक नहीं कि वह एकदम अपने घर भर की ही भलाई देखने वाले नहीं थे। पर इस समय जितनी आशा थी, उसमें वह पूरे नहीं उतरे। उनके पिता गोबर्धन पाँड़े ने अपनी मितव्ययिता के कारण खेती की आमदनी से बचाकर कुछ पैसा जमा किया। हरेक को बाप के समय छोड़ी सम्पत्ति से सन्तुष्ट नहीं रहना चाहिए, बल्कि परिवार की वृद्धि के अनुसार सम्पत्ति की भी वृद्धि करनी चाहिए, यह लक्ष्य उनके सामने भी था। रुपये खेती की उपज बेच कर और रुपये सूद पर लगाकर आए थे। जब तीन-चार हजार जमा हो गए, तो उन्होंने कोई जमींदारी खरीदने की सोची। कनैला से कुछ दूर पूर्व जिगरसंडी में बेलहा के राजपूतों की एक अच्छी-खासी जमींदारी थी। मालिक एक घर से बहुत घर हो गए थे, इसलिए हरेक का हिस्सा थोड़ा-थोड़ा पड़ता था। कुछ जोतने के लिए भी खेत थे, पर अधिक पर असामियों की काश्तकारी लगी थी। उसी को लेने का गोबर्धन पाँड़े ने संकल्प किया। कई अड़चनें थीं। सब अड़चनों के पार होने के बाद जमीन उनके बहनोई के पिता मरजाद दूबे के नाम पर मिली। मरजाद दूबे बड़े ही ईमानदार पुरुष थे। गोबर्धन पाँड़े के पैसे से खरीदी जमींदारी उनके नाम पर थी। दूबे जी चाहते थे, जल्दी लिखा-पढ़ी हो जाए, पर उसमें कुछ कानूनी अड़चनें थीं। आज-कल करते दूबे जी का देहान्त हो गया और उनके पुत्रों में सबसे बड़े—जो साथ ही निस्सन्तान भी थे— बेईमानी पर उतर आए। जमींदारी की वसूल-तहसील गोबर्धन पाँड़े करते थे, क्योंकि वस्तुतः वह उन्हीं की सम्पत्ति थी। अब वह उससे भी वंचित कर दिये गए। गोबर्धन पाँड़े को इसका बहुत धक्का लगा।

उनके पुत्र श्यामलाल अपनी बुद्धि से पिता के साथ धोखे का इतना ही प्रतिशोध कर पाए; कि किसी तरह मरजाद दूबे के लड़कों को फेर में डालकर जमींदारी में लगे अपने मूल-धन को वापस कराने में सफलता पाई। अब भी श्यामलाल उस जमीन को देखते, तो उनके हृदय में हूक-सी लगती—'यह पचास हजार की सम्पत्ति आज हमारी होती।'

श्यामलाल की तरह ही गाँव के दूसरे लोग भी अपने पूर्वजों की तरह हाथ-पैर फैलाने की कोशिश करते थे। उन्हें विश्वास था कि जिन खेतों को हम नये तौर से आबाद कर रहे हैं, उसके कारण हमारे दिन बेहतर हो जाएँगे। पीढ़ियों से वह सुनते आए थे—'उत्तम खेती मद्धिम बान, निरधिन नौकरी, भीख निधान।' बान—वाणिज्य—को मध्यम क्यों कहा? आखिर बनियों के पास सबसे ज्यादा धन देखा जाता है। जो भी हो, खेती और जमींदारी की जड़ों को वह शेषनाग के फन पर गड़ी होने से अडिग मानते थे। अंग्रेजों के निकलने के समय तक कनैला में शिक्षा का प्रसार हो चला था। ब्राह्मणों में ही नहीं, बल्कि पिछड़ी जातवालों में भी एक से अधिक मिडिल पास हो गए थे। कुछ गाँव के पढ़े-लिखे नौजवान बाहर नौकरी करने चले गए। जो गाँव में थे, उनकी विद्या का उपयोग यही था कि एक दूसरे को कैसे पछाड़ें। उनके कई दल थे जो हमेशा एक-दूसरे को नीचा दिखाने की ताक में रहते थे। उसके लिए ऐसी चालें चली जातीं जिनका अभी तक किसी को ख्याल भी न हो सकता था। चूड़िहारे गाँव के पुराने बाशिन्दे थे। उनकी कब्रें सैकड़ों वर्षों से यहीं बनती आई थीं। गरीब थे, कब्रें मिट्टी की ही हो सकती थीं। हिन्दू से प्रथम मुसलमान हुए पुरुषों की कब्रों का पता लगाना मुश्किल था। कुछ समय तक मुसलमान बनाने वाले सैयदों की यहाँ हवेली भी थी। अब उनकी एक गुमनाम कब्र भर रह गई है। उस समय, हो सकता है, नमाज पढ़ने के लिए कच्ची-पक्की कोई मस्जिद रही हो। कनैला के चूड़िहार, एक बार तो मालूम होने लगा, गाँव छोड़कर चले जाएँगे। पर, धरतीपुत्र धरती से सम्बन्ध तोड़ना नहीं चाहता। शताब्दी के आरम्भ में पाँच-छह घर से कम होकर वह दो-एक घर रह गए। अब फिर वह आधे दर्जन से अधिक हो गए थे।

परिश्रमी और अध्यवसायी थे, कोई भूखा मरने वाला नहीं था। मालिकों को पैसा देकर उन्होंने कुछ खेत भी ले लिए। उनकी बड़ी लालसा थी, नमाज पढ़ने के लिए एक खुदा का घर बना लिया जाए। ईंट-चूने की मस्जिद बनाने की स्थिति में नहीं थे। उन्होंने खपड़ैल की मस्जिद बनानी चाही और लकड़ी खरीद कर जमा भी कर दी। श्यामलाल इसमें कोई बुराई नहीं देखते थे। दूसरा पक्ष क्यों उसे पसन्द करने लगा? जिसमें श्यामलाल हाँ कहें, उसमें उन्हें नहीं कहना था। हिन्दू-मुसलमान का सवाल उठाना सबसे सुगम हथियार था। हमारे गाँव में कभी मस्जिद नहीं बनी, अब कैसे बनेगी—यह कहकर मस्जिद के लिए जमा की हुई लकड़ी लुटवा ली, श्यामलाल को बदनाम करने की कोशिश की और ऐसा वातावरण बना दिया कि श्यामलाल को लेने के देने पड़ जाएँ।

15 अगस्त, 1947 को अंग्रेज भारत छोड़कर चले गए। कनैला के पढ़े-लिखे लोगों को इस पर अविश्वास करने का कारण नहीं हो सकता था। पर, महीनों तक लोग इस पर विश्वास करना नहीं चाहते थे। अंग्रेज गए नहीं, उन्होंने राजकाज का कुछ काम भारतीयों के हाथ में दे दिया—यही विश्वास अधिकांश का था। कनैला के सयानों ने यदि स्वतंत्रता की लड़ाई में खुलकर कोई बहुत बड़ा भाग नहीं लिया, तो अंग्रेजों की खुशामद में सिर भी गंजा नहीं किया और न सरकारी नौकरियों के लिए उन्हें कृतज्ञ होने की आवश्यकता थी। पर अब उन्हें धीरे-धीरे धरती से ऊपर एक दूसरी ही दुनिया उमड़ती दिखलाई पड़ रही थी। कनैला में बड़ी और छोटी जाति शताब्दियों नहीं सहस्त्राब्दियों से बसती आई थी। छोटी जाति के लोग दूब से भी छोटे थे, उनका अस्तित्व मुश्किल से मालूम होता था। महाप्रतापी अंग्रेज गए। उन्होंने यह बतला दिया कि अन्याय पर निर्भर प्रताप हमेशा नहीं रह सकता। देश की स्वतंत्रता के आन्दोलन के साथ स्वतंत्र विचार भी फैलने लगे जिन्हें लोगों ने कान खड़ा कर धीरे-धीरे सुनना शुरू किया।

4

गाँव पंचायतों का चुनाव हुआ। इतिहास में पहली बार नान्ह जातवालों की राय बड़ी जातवालों की राय के बराबर मानी गई—दोनों एक ही एक वोट (मत) दे सकते थे। स्वतंत्रता के बाद के दो वर्षों में पुल के नीचे बहुत पानी बह गया। अधिकार-वंचित अपने अधिकारों को, धूमिल नजर से ही सही, पर देखने लगे थे। अछूतों के लिए अलग स्थान नियत किये गए थे। पिछड़ी जात वाले भी अपने को अछूतों की तरह ही अधिकार-वंचित मानते थे। उन्हें धीरे-धीरे यह भी पता लगने लगा कि कैसे जाल-फरेब से बड़ी जाति वालों ने उन्हें ऐसी स्थिति में पहुँचाया। पंचायत का पंच होना कनैला के ब्राह्मण अपना पुश्तैनी अधिकार समझते थे। अंग्रेजों ने ग्राम पंचायतों को जब तक बिलकुल खत्म नहीं कर दिया, तब तक पंच बनने का अधिकार ब्राह्मणों को ही था। अब जिसको अधिक वोट मिले, वह पंच हो सकता था। बड़ी जाति वाले चाहते थे, सारे पंच हमारे में से होने चाहिए; लेकिन उनके आधे भी वोट नहीं थे। सम्पत्ति और अधिकार एकमात्र अपने हाथ में रखने के कारण बड़ी जातवालों का दल दूसरों से अलग हो गया। छूत-अछूत सभी नान्ह जातवाले अब अपने को एक नाव पर समझते थे। चुनाव के संघर्ष में श्यामलाल को पता लग गया और वह चुनाव के लिए नहीं खड़े हुए। दूसरे खड़े हुए। निर्वाचन का परिणाम निकला, नान्ह जातवालों का बहुमत था। उन्हीं में से एक ग्राम-पंचायत का अध्यक्ष चुना गया। यह सौभाग्य या संयोग समझिए जो सरपंच हीरा आदमी निकला, जिसकी ईमानदारी पर बड़ी जातवालों को भी अविश्वास नहीं हो सकता था। हाल के चुनाव में उसने खड़ा होने से इनकार कर दिया, तो छोड़ी-बड़ी दोनों जात वालों ने मिलकर उसको खड़ा होने के लिए मजबूर किया।

समय बीतने के साथ कनैला के पुराने जीवन और पुराने मनोभावों में जबरदस्त परिवर्तन होने लगा। भौतिक स्वार्थों के आधार पर खड़े लोगों के दो वर्ग अब युद्ध के लिए तैयार सेना का रूप लेने लगे। पहले पचासों वर्ष

जोतने पर भी जमीन पर जोतने वाले का अधिकार नहीं हो सकता था, अब एक बार जोत लेने पर भी उसके हाथ से खेत निकालना मुश्किल था। गाँव की परती जमीन अब सारे गाँव की सम्पत्ति मानी गई, और उसको जोतने का सर्वप्रथम अधिकार बे-खेत वाले—मजदूर या नान्ह जात के—लोगों को था। अपने नाम लिखी हुई परती जमीन को इस तरह हाथ से निकलते देख मालिक तिलमिलाने लगे। दूर-दूर तक दौड़-धूप करने का कोई लाभ नहीं हुआ। अभी भी हल जोतना ब्राह्मणों के धर्म के खिलाफ है, इसलिए उसके लिए वह अपने हलवाहों पर निर्भर थे। हलवाहे चमार भी अब गाँव के आधे से अधिक लोगों के दल के सदस्य थे। पहले जरा-जरा सी बात में उन्हें गाली सुननी पड़ती, पिट जाने की भी नौबत आ जाती थी और उनके ऊपर होते अत्याचार को भगवान भी सुनने के लिए तैयार नहीं था। अब वह अकेले नहीं थे। पुरानी प्रथा के अनुसार हलवाहों को कुछ खेत देना पड़ता था। मालिक जानते थे, यह खतरे की बात है। हलवाहा उस पर अपना अधिकार समझ लेगा। पर, हलवाहे के बिना तो काम नहीं चल सकता था।।

गोपाल पाँड़े के भाई के तीन पुत्रों में मथुरा पाँड़े मझले थे। उनके पुत्र बंसी पाँड़े के जेठे लड़के रामचन्दर पंडित वर्तमान शताब्दी के दूसरे दशक में पैदा हुए, लेकिन अब उनके सारे बाल सफेद हैं। गाँव में मदरसे के पढ़ने वाले तो और भी हुए, पर संस्कृत पढ़ने की ओर ध्यान सिर्फ रामचन्दर ही का गया। बहुत नहीं पढ़ पाए, पर इतना ज्ञान जरूर अर्जित किया कि उन्हें पंडित कहा जा सके। बहुत दूर नहीं, पर कुछ देश-काल भी देखे हुए थे। पुराने ढंग से जिन्दगी की नैया सभी खे रहे थे, वह भी उसी तरह गुजारा कर रहे थे। खेत अपर्याप्त नहीं थे। 1955 ई. की गर्मियाँ आईं। गाँवों में सबसे अधिक आमदनी वाली खेती ऊख की है। सब्जी भी हो सकती है, पर वहीं जहाँ से शहर नजदीक हो और उसे आसानी से बेचा जा सके। आमदनी के कारण ऊख की खेती करने का बहुत प्रलोभन होता है, लेकिन साथ ही अधिक कष्ट और परिश्रम की चीज है। गर्मियों में उसे खेत में बोया जाता है। फिर सारी गर्मी लू में झुलसते कुएँ से पानी ले-लेकर उसे हरा-भरा किया जाता है।

बरसात में यदि कोई बीमारी नहीं लग गई, तो फसल अच्छी हुई और उसके साथ आमदनी भी।

बीसवीं सदी के उत्तरार्द्ध में कदम रखते जान पड़ता है, कनैला अब पिछड़े इलाके का गाँव नहीं रह जाएगा। आजमगढ़ से एक नई पक्की सड़क कनैला तक पहुँच गई है जो सिसवा (शिशपापुरी) में मंगई के पुल को पार कर आगे तक जा रही है। कनैला में रिक्शा आने लगा है और लारी भी। हो सकता है, कुछ ही वर्षों में वहाँ से बस में बैठकर चार-छह घंटे में वाराणसी पहुँचा जा सके। इसे देखकर सिसवा के पुराने भाग्य के लौटने की कल्पना मन में उठने लगती है। पर, यह दूर की बात है। डीहा में हाई स्कूल चल रहा है। जहाँ इस शताब्दी के आरम्भ में स्कूल का भी पता नहीं था। यदि कनैला वालों ने अदूरदर्शिता का परिचय न दिया होता, तो वह हाई स्कूल कनैला में वहीं बनने जा रहा था जहाँ से कि हाल में पक्की सड़क निकली है। दो-चार एकड़ परती जमीन दे देने में कनैला वालों को बहुत नुकसान भी नहीं उठाना पड़ता। डीहा होकर एक दूसरी सड़क पश्चिम से पूर्व की ओर नप गई है। इस प्रकार यातायात के साधन सभी वहाँ मौजूद हो रहे हैं। तो भी अभी कनैला की ऊख के किसी मिल में जाने का सुभीता नहीं है। लोग अपनी जरूरत के गुड़ और खाँड़ के लिए ऊख बोते हैं जिसमें कुछ गुड़ बिक भी जाता है। रामचन्दर पंडित ने ऊख बोने के लिए अपने खेत में पानी दिया। बोई जाने वाली ऊख को काटकर रात भर पानी में भिगो दिया। सबेरे ऊख बोने का समय आया। हलवाहे को बुलाने गए। उसने आने से इनकार कर दिया।

हलवाहे का इनकार करना अनुचित नहीं था। हलवाही के लिए जो टुकड़ा उसे मिला था, उसे भी रामचन्दर पंडित ने पानी से भिगो दिया था, वह उसमें भी ऊख बोना चाहते थे। रामचन्दर पंडित अपने काम को न्यायानुमोदित साबित करना चाहते थे—"मैं एक ही खेत में अपनी ऊख बोना चाहता था। खेत के टुकड़े के लिए मैं दूसरा दे रहा था।" पर, हलवाहा जानता था कि मालिक लोग खेत देकर इसीलिए फेर-बदल करते रहते हैं कि उस पर जोतने वाले का हक न हो। दूसरा समय होता, तो शरीर से निर्बल रामचन्दर पंडित हाथ

भी छोड़ सकते थे, लेकिन अब हाथ छोड़ने की हिम्मत किसको हो सकती थी? हलवाहे चमार के न आने पर भर, अहीर तथा दूसरी हल जोतने वाली जाति के आदमियों के पास गए। बहुत बिनती की, पर कौन बिनती सुनता है? रामचन्दर पंडित को मालूम ही था कि आजकल सभी नान्ह जातवाले एक बोली बोलते हैं।

यदि उसी दिन ऊख न बोई जाती, तो सींचा खेत सूख जाता और पानी में पड़ी ऊख किसी काम की न रह जाती। एक बड़ा सिरदर्द रामचन्दर पंडित के सिर में पैदा हुआ। वैसे होता, तो वह केवल उनके सिर का दर्द बनकर रह जाता, लेकिन आज जो आग रामचन्दर पंडित के घर में लगी थी, वही कल दूसरे मालिकों के घर में लग सकती थी। उनके नजदीक वाले रामसहाय पाँड़े के पाँचों घरों को पहले सबसे बड़ी चिन्ता हुई। सौभाग्य से इस समय आपस में बोलचाल थी, अर्थात सम्बन्ध बुरा नहीं था। सम्बन्ध बुरा भी होता तो ऐसे समय एक-दूसरे की सहायता के लिए उन्हें आना पड़ता। रामसहाय के वंश को खबर लगते ही इच्छा पाँड़े का सारा तरुण खानदान खेत पर इकट्ठा हो गया। ऊख और उसके खेत को अगर खराब होने दिया गया, तो यह बलाय रामचन्दर पंडित के घर पर नहीं रहेगी, यह सब जानते थे। लेकिन ब्राह्मणों ने कभी परिहत नहीं थामा था। जब सारी बिरादरी अधर्म करने पर तुली हुई हो, तब वह अधर्म नहीं रह जाता। ऊख की बोवाई के लिए गहरी जोताई करनी पड़ती है, जो बड़े तजुर्बेकार हलवाहे का काम है। एक-एक करके सबने परीक्षा कर ली। संयोग ही समझिए जो एक तरुण जोतने में सफल हुआ। शायद अपने हलवाहे के पीछे घूमते नजदीक से जोतते देखा था। ऊख बो जाने पर लोगों ने आराम की साँस ली। रामचन्दर पंडित की जान में जान आई।

यह सचमुच बड़ी परीक्षा का समय था। छोटी-बड़ी जातियाँ दो दलों में संगठित हो गई थीं। इस संगठन के लिए न कोई सभा हुई और न कोई लैक्चर दिया गया। रामचन्दर पंडित कम्युनिस्टों को गाली देते थे—"फलाने गाँव के कम्युनिस्टों ने आकर उन्हें भड़का दिया।"

—"क्या आपने किसी कम्युनिस्ट को अपने गाँव में आते देखा?"

—"आते देखता, तो क्या मारे बिना छोड़ता। रात को चुप-चुप आते हैं।"

दूसरों की तरह रामचन्दर पंडित को भी विश्वास हो गया था कि ऐसी सारी खुराफातें कम्युनिस्ट कराते हैं। उन्होंने ही नान्ह जात वालों को सिर पर चढ़ा रक्खा है वही इस सेना के संचालक हैं। इसमें सन्देह है कि कनैला वालों ने कभी किसी कम्युनिस्ट कार्यकर्त्ता को देखा हो। सभी लोग सब वामपंक्षी कार्य करने वालों को कम्युनिस्ट कहते हैं। उनके लिए सोशलिस्ट, प्रजा सोशलिस्ट, कम्युनिस्ट आदि सब एक ही हैं। रामचन्दर पंडित उस दिन दूध से जल गए, अब छाछ के पास जाना भी उनके लिए मुश्किल था। बेचारे शरीर से निर्बल कुदाल भी चला नहीं सकते। जिनके भरोसे पर खेती करना चाहते थे, उनकी यह हालत थी। यह बात सिर्फ उनके ही मत्थे नहीं आई है। कनैला में बहुत-सी परती जमीन को आबाद कर लोगों ने खेत बढ़ा लिया है। उसको आबाद रखना—जोताई-बोआई करना—बड़े सिरदर्द की बात हो गई है। श्यामलाल के पास नरेहता में पाँच-छह एकड़ बहुत अच्छा धान का खेत था। बेच दिया होता तो डेढ़-दो हजार रुपये मिल गए होते, लेकिन, तब बुढ़िया आँधी के आने का ख्याल कहाँ था? जिसको अधिया पर जोतने के लिए दिया था, वही मालिक बन बैठा। प्राय: सभी ब्राह्मणों के पास कनैला में काफी खेत हैं। उस साल श्यामलाल के दौ बैल मर गए। छह-सौ आठ सौ रुपये की जोड़ी खरीदना अपने बूते की बात नहीं थी। अनाज का दाम बढ़ गया था, खेती अच्छी न करने से उपज भी तो कम हो गई। गाँव में हरेक आदमी के मुँह पर कहावत थी—"भैंसा जोतै लोहिया खाय, कहें घाघ लछिमी चलि जाए।" आजमगढ़ और आसपास के जिलों में कभी भैंसे को हल में जोतते नहीं देखा गया था। यह इसी ब्रह्मवाक्य का फल था। पर, जहाँ आठ सौ की जगह तीन सौ खर्च होता हो, वहाँ ब्रह्मवाक्य के पीछे सत्ती होने के लिए कौन तैयार होगा? श्यामलाल ने हल जोतने के लिए भैंसे खरीदे। ब्राह्मणों ने हल का परिहत पकड़ा, भैंसे को जोतना भी स्वीकार किया। पूरे कलयुग के आ जाने में क्या सन्देह था?

चालीस वर्ष से ऊपर वाले दिमाग अब नई परिस्थिति में कुछ सोचने की शक्ति नहीं रखते। उन्हें जो पुराने हथकंडे मालूम हैं, वह आज काम नहीं देते। नई तरह से वह सोच नहीं सकते। लहुरी (छोटी) पट्टी के अभी तक दो ही घर हैं। जयपाल पाँड़े का घर तरुणों के कन्धों पर है। वह कुछ अक्ल भी लगाते हैं। परिवार बड़ा होने से आटे का खर्च ज्यादा था। उन्होंने आदमी से चलने वाली चक्की की जगह बैल-चक्की लगवा ली। उनको भी खेतों के आबाद करने में दिक्कत हो रही है, लेकिन सभी मुस्तैद हैं। अपने भी करते, मजदूरों को भी अपने साथ ले चलने में सफल हुए; लेकिन, जानते हैं—बकरी की माँ कितने दिनों तक खैर मनायेगी। सोचते हैं—एक ट्रैक्टर लायें। 50-60 एकड़ से ज्यादा उनके पास खेत नहीं हैं, इसलिए एक ट्रैक्टर के लिए खेत कहाँ से लायेंगे, यदि दस-बारह हजार रुपया लगाने की हिम्मत भी करें। सोचते हैं, किराये पर दे देंगे। लेकिन, इस इलाके में यह पहला ही ट्रैक्टर होगा। जहाँ ट्रैक्टर आए, वहाँ मरम्मत का भी इन्तजाम रहना चाहिए। यदि कहीं ऐन कार्तिक में वह बिगड़ गया, तो "धोबी का कुत्ता, न घर का घाट का" वाली कहावत होगी। घर में बैल-भैंसे भी नहीं रह जाएँगे कि उनसे बोआई कर ली जाएगी। पर, जयपाल पाँड़े की सन्तानें ट्रैक्टर की बात सोच रही हैं।

रामचन्दर पंडित ने कल आने वाली समस्या के बारे में चिन्ता प्रकट करते हुए कहा अपने एक बन्धु से सलाह माँगी। उन्होंने कहा—"दूसरा कोई रास्ता नहीं है। अब तक यह मन्तर दिया जाता था कि एक खेत का चार करो। आज के जमाने में चार खेत का एक करना ही एकमात्र मुक्ति का रास्ता है। चारों चूल्हे अलग रहने दो, लेकिन खेती साझे की कर डालो। आखिर उस दिन जब एक के मान का नहीं हुआ, तो सबने मिलकर ऊख का खेत बोया था ना?"

रामचन्दर पंडित ने कहा—"ऐसा तो कभी सुना नहीं गया। लोग इसके लिए तैयार होंगे?"

—"तैयार न हों तो उफ्फर पड़े। खेत तुम आबाद नहीं कर सकोगे, स्वयं पैदावार से वंचित होंगे, देश को अन्न से वंचित करोगे।"

—"यह भी हल्ला है कि अगर खेत दो साल परती रह गया, तो सरकार ले लेगी। इसलिए चाहे पैदावार कुछ भी न हो, हम लोग रबी-खरीफ में कुछ बीज छींट देते हैं।"

—"इस तरह बहुत दिनों तक धोखा नहीं दिया जा सकेगा। तुम्हारे लिए यही अच्छा है कि रामसहाय पाँड़े की सन्तानों के पास जितने खेत हैं, उनको इकट्ठा कर लो। जिसका जितना खेत है, उनके लिए बीघा पीछे दो मन-तीन मन अनाज बाँध दो। इसमें किसी को बेईमानी करने की गुंजाइश नहीं रहेगी। यह भी सोचो—'अर्ध तजहिं बुध सरबस जाए।' बाढ़ और प्राण संकट के समय भेड़िये और बकरे एक जगह रहते, प्राण बचाने के लिए अपनी स्वाभाविक शत्रुता भूलने के लिए वह मजबूर होते हैं। तुम्हारी तो स्वभाविक शत्रुता भी नहीं है।"

रामचन्दर पंडित ने कहा—"श्यामलाल भैया तो तैयार हो जाएँगे। मुझे भी यही रास्ता अच्छा दिखलाई पड़ता है। हरिहर काका के लड़के भी हमारे साथ हो जाएँगे। जयमंगल काका के बारे में संदेह और बदरी काका को भी समझाना मुश्किल है।"

कनैला के हरेक पुराने मालिक संकट को सामने गहरा होते देख रहे हैं। जो निस्तार का रास्ता—सम्मिलित या सहयोगी खेती है—उसकी बात बहुतों ने नहीं सुनी, और रामचन्दर पंडित की तरह अगर किसी ने सुनी है, तो उसे वह व्यवहार्य नहीं मालूम होती। सारे गाँव की सहयोगी खेती दूर की बात है। अभी तो तीनों पट्टियों में से हरेक में दो-दो साझी खेती का ही प्रस्ताव रक्खा जा सकता है। तजुर्बे के बाद सम्भव है, गाँव भर की सम्मिलित खेती हो जाए। पर अभी इसके बारे में सोचना भी मुश्किल है। सोचेंगे भी, तो सिर्फ कनैला के पुराने मालिकों के बारे में ही। यह ख्याल उनकों नहीं आएगा कि कनैला के नान्ह जातिवाले अब अधिकार-वंचित नहीं हैं। उन्हीं में से दो बार सरपंच चुना गया है। गैर-मजरुवा या परती जमीन के वास्तविक मालिक अब वही हैं। इसलिए गाँव के आर्थिक विकास या दृढ़ता का जो भी आयोजन बनाया जाए, उसमें 40 प्रतिशत लोगों का नहीं, बल्कि सौ प्रतिशत आदमियों का ख्याल रखना होगा।

आधे दर्जन छोटी-मोटी सम्मिलित खेतियों में भी नान्ह जात वालों को भुलाया नहीं जा सकता। उनके पास यदि खेत कम या नहीं हैं, तो जाँगर जैसी मूल्यवान वस्तु मौजूद है।

युगों बाद कनैला के आर्थिक, सामाजिक, सांस्कृतिक ढाँचे पर इतना जबरदस्त प्रहार हो रहा है, जिससे उसका और अधिक दिनों तक चलना सम्भव नहीं। शिक्षा और भी इसमें हाथ बँटा रही है। कनैला में बड़ी जाति का जो भी व्यक्ति पढ़-लिख जाता है, वह गाँव की कचकच से बचकर बाहर नौकरी करना पसन्द करता है। श्यामलाल के ही घर को ले लीजिए उनका बड़ा भाई प्रथम विश्वयुद्ध के समय से घर या गाँव का नहीं रह गया। सबसे छोटा भाई दिल्ली में मिठाई बनाकर बेचता फिरता है। श्रीनाथ को गाँव की छोटी-सी जमींदारी और खेती देखने से दिल्ली में फेरी करना अच्छा मालूम होता है। गाँव की हवेली में रहने की अपेक्षा दिल्ली के किसी बँगले के नौकरों की कोठरियों में घुसकर परिवार सहित गुजारा करना उसे अधिक पसन्द है। दो भाई श्यामलाल और रामधारी घर पर रह गए हैं। दोनों ही अब साठ पर पहुँच गए हैं और बुरे स्वास्थ्य के कारण पके आम से मालूम होते हैं। खेती और खेतों की पर्वाह इन्हीं दोनों को है। श्यामलाल जिगरसंडी की जमींदारी हाथ से निकल जाने के लिए अब भी झख रहे हैं। गाँव की जमींदारी की भी वही हालत होने जा रही है। उनकी अगली पीढ़ी में तीन लड़के सयाने हैं। बड़ा एम.ए. करके सारनाथ में उच्च माध्यमिक स्कूल में मास्टर है। वह गाँव की खेती से कोई वास्ता नहीं रखता। साल-छह महीने में दो-चार दिन के लिए आ गया, तो बहुत। दूसरा लड़का एम.ए. फेल होकर दिल्ली में क्लर्की करते टी.बी. अस्पताल में पहुँचा है। दो और लड़के मैट्रिक पास है। यदि डीहा में हाईस्कूल न होता तो वह मैट्रिक तक पढ़ पाते इसमें काफी सन्देह था। उनमें एक क्लर्क हो चुका है, बाकी रहा एक नौजवान। वह भी क्लर्की ढूँढ़ रहा है। वह उसे मिल गई है। अब तीस-चालीस एकड़ खेतों की जिम्मेवारी बूढ़े श्यामलाल और रामधारी पर है बूढ़े कन्धे कितने दिनों तक इस बोझ को उठाकर चल सकेंगे?

बड़ी जाति वाले आर्थिक तौर से सुभीते में थे जिससे वह अपने बच्चों को शिक्षा दिला सकें। पढ़ने-लिखने की ओर झुकाव पैतृक तौर से था। इस प्रकार शिक्षा में वह आगे बढ़े। इस शिक्षा का परिणाम अब गाँव से स्वेच्छापूर्वक निष्कासन हो रहा है। छोटी जाति वालों में शिक्षा अभी-अभी घुसी है। उनके यहाँ इसका क्या फल होगा, यह आगे की बात है। हरेक बड़ी जाति के शिक्षित परिवार का झुकाव नौकरी और शहर में जाकर बसने का हो रहा है। उन्होंने असली मालिकों से मिट्टी को अन्यायपूर्वक छीन लिया था। अब क्या काल फिर उसे असली मालिकों के पास लौटाना चाहता है? यह आशा नहीं है कि आर्थिक विषमता पर आधारित छोटी-बड़ी जाति का जो वर्गभेद कनैला और दूसरे गाँवों में युगों से चला आया है, वह अब कायम रह सकेगा।